나라 세운 할아버지

송이에게 들려주는 이승만 대통령 이야기

글 황인희

YANG MOON

나라 세운 할아버지
− 송이에게 들려주는 이승만 대통령 이야기

초판 찍은 날 | 2022년 3월 26일
초판 펴낸 날 | 2022년 3월 26일

지은이 | 황인희
펴낸이 | 김현중
디자인 | 박정미
관리 | 위영희

펴낸 곳 | ㈜양문
주소 | 01405 서울 도봉구 노해로 341, 902호(창동 신원베르텔)
전화 | 02-742-2563
팩스 | 02-742-2566
이메일 | ymbook@nate.com
출판 등록 | 1996년 8월 7일(제1-1975호)

ISBN 978-89-94025-86-5

나라 세운 할아버지

송이에게 들려주는 이승만 대통령 이야기

이승만 대통령은 우리 대한민국을 세우신 분입니다. 미국의 조지 워싱턴 대통령처럼 '건국 대통령'이지요.

그런데 우리는 이승만 대통령이 얼마나 훌륭한 분인지 잘 알지 못합니다. 이분은 일제 시대에 나라를 되찾기 위해 열심히 독립운동을 하셨고 해방 후 대한민국이 자유민주주의 국가로 제대로 설 수 있도록 앞장서신 분입니다. 또 6·25전쟁을 치르면서 통일의 굳건한 의지로 적에 맞섰고 미국과 동맹을 맺어 우리 대한민국이 지금까지 안전하게 보호받을 수 있게 하신 분입니다.

우리는 대한민국 국민이기 때문에 대한민국을 세우고 지키신 이승만 대통령에 대해 좀더 잘 알아야 합니다. 저는 여러분이 대한민국 건국 대통령에 대해 제대로 알고 이해하는 데 도움을 주기 위해 이 책을 썼습니다.

이 책에 나오는 송이네 가족 이야기는 상상하여 만든 것입니다. 그러나 이승만 할아버지 이야기는 거의 다 실제 있었던 일들을 알기 쉽게 재구성한 내용입니다. 흥미진진한 송이네 이야기와 함께 이 책을 읽다보면 나라 세운 이승만 대통령 이야기가 보다 쉽고 재미있게 여러분께 다가갈 것입니다.

이 책을 통해 여러분이 이승만 대통령에 대해 제대로 이해하고 그가 세운 우리나라 대한민국을 사랑하는 마음이 여러분 가슴 속에 더 많이 자라나길 기원합니다.

끝으로 이 책을 펴내주신 출판사 양문의 김현중 대표와 이 책을 선택해준 여러분께 다시 한번 감사의 인사를 드립니다.

감사합니다

2022년 3월
황인희

목 차

1963년의 어느 토요일,
미국 하와이

"우리 얘기 좀 해요."

외출했던 아빠가 현관에 막 들어서는 참이었다. 엄마는 아빠가 들어오기를 벼르기나 한 것처럼 얼굴을 보자마자 쏘아붙였다.

"얘기? 아직도 할 얘기가 남았소? 얼마든지 해봐요. 하지만 아무리 얘기해도 내 마음은 변하지 않아. 그러니 날 설득하려는 생각은 하지 말았으면 좋겠소. 그런 얘기라면 굳이 할 필요도 없고……."

미처 신발도 못 벗은 아빠의 말에도 가시가 잔뜩 돋아 있었다. 아빠는 엄마가 얘기하는데 엄마 얼굴을 보지도 않고 거실 소파에 앉아 텔레비전을 켰다.

"어쩜 당신은 그렇게 이기적이에요? 내 의견이나 송이 장래에는 아무런 관심도 없다는 거죠? 그저 당신 생각만 중요하다는 얘기잖아요."

엄마는 아빠가 외출복을 갈아입을 틈도 주지 않았다. 아빠가 소파 옆에 서 있던 송이를 돌아봤다. 엄마 아빠 대화에서 송이의 이름이 나오면 아빠는 언제나 송이의 표정을 살폈다. 그러면 송이는 슬그머니 자리를 피해 자기 방으로 들어간다. 이제 곧 두 분의 목소리가 더욱 커질 것이기 때문이다.

아빠 엄마의 목소리는 송이 몸에 묶인 실타래처럼 방 안까지 송이를 따라왔다. 송이는 방에 돌아와서도 도무지 다른 일을 할 수가 없었다. 안 들으려고 해도 두 귀는 거실 쪽으로 쫑긋 세워지고 신경은 온통 거실에 쏠려 있었다.

"애 앞에서 또 쓸데없는 소리. 내가 왜 당신이나 송이에게 관심이 없단 말이요. 송이의 장래를 생각하니까 한국으로 돌아가자는 것 아니요."

"아니, 한국에 돌아가는 게 어떻게 송이를 위하는 일이에요? 한국은 가난하고 정치도 불안정해서 애가 보고 배울만한 게 하나도 없는 나라잖아요. 그런 나라로 가는 게 어떻게 송이를 위하는 일이에요? 그리고 남들은 일부러 돈 들여 유학도 시킨다는데 당신은 당신 공부 끝났다고 애 공부할 수 있는 기회를 빼앗아버릴 작정이에요?"

"한국에 돌아가도 충분히 공부할 수 있어요. 그리고, 한국이 언제까지 가난하고 살기 힘든 나라로 머물러 있겠소? 이제 새 정부가 들어서서 곧 잘 사는 나라로 크게 성장할 건데 당신은 한국 사람이면서 왜 한국을 무시하는 거요? 또 송이는 나중에 대학교 졸업한 후에 다시 유학 와서 공부해도 늦을 것 없고."

"그건 당신 생각이지요. 아니 그리고, 당신을 데려다 일 시키고 월급 주겠다는 미국 회사가 있는데 왜 그걸 거절해요. 당신 맘대로? 그 회사에 다니면서 미국에서 애 공부도 시키면 좀 좋아? 아니, 왜 느닷없이 좋은 기회 다 버리고 한국엘 돌아간다는 거야?"

아빠와 엄마의 말다툼은 한번 시작되면 도무지 끝날 줄을 몰랐다. 아빠 엄마는 서로 자기의 주장을 양보할 생각이 전혀 없는 것 같았다. 아빠와 엄마는 말이라는 창으로 서로를 번갈아가며 찌르고 있었다.

"그건 다 끝난 얘기잖소? 느닷없긴 당신이 느닷없지."

"당신이나 끝났지. 당신 멋대로 결정해놓고 어떻게 끝났다는 거예요?"

"……"

아빠가 아무 말도 하지 않자 엄마의 목소리는 조금 더 커졌다. 엄마의 목소리가 커진다는 건 아빠가 자리를 뜰 시간이 다가온다는 신호이다. 그러면 오늘도 화해 없이 두 분의 싸움이 내일로 이어지게 된다.

"당신 송이가 아들이었어도 그런 결정을 했겠어요? 딸은 아무 데서나 대충 가르쳐도 된다고 생각한 거 아녜요?"

"아니 그런 말이 어디 있소? 당신은 정말, 내가 송이가 아들이 아니어서 송이 교육을 아무렇게나 시킨다고 생각하는 거요? 그런 말도 안 되는 소리나 하려거든 얘기 그만 합시다. 나 피곤해요."

아빠가 손님방으로 들어가는 문소리가 들렸다. 오늘도 아빠는 엄마가 지은 밥을 먹지 않을 모양이었다. 엄마도 더 이상 아무 말도 하지 않고 안방으로 들어가버렸다. 두 방문이 닫히는 소리가 난 후 송이는 살그머니 자기 방에서 나왔다. 거실은 휑하니 비어 있었다. 아빠가 들어오자마자 켜놓았던 텔레비전 속에서는 무슨 재미있는 일이 일어나는지 웃음 소리가 끊이지 않고 흘러나왔다. 송이는 텔레비전을 껐다. 텔레비전 소리마저 꺼진 거실은 새까만 우주 공간처럼 더욱 쓸쓸해졌다. 송이는 다시 텔레비전을 켰다. 거실엔 다시 웃음 소리가 가득 찼다. 요즘 송이네 집에서 웃음 소리를 내는 건 텔레비전밖에 없었다.

아빠 엄마가 싸우기 시작한 것은 한 달 전부터였다. 그날까지 송이네 집은 행복이 넘치는 집이었다. 아빠는 공부하느라 송이랑 놀아줄 시간이 별로 없었지만 식탁에 앉으면 언제나 엄마와 송이에게 웃음 띤 얼굴로 대했다. 엄마는 아빠를 방해하면 안 된다고 늘 말했다. 송이네 가족은 유학생인 아빠를 따라와 미국 하와이에서 살고 있다. 아빠의 공부는 박사 학위를 받아야 끝나는데 하루라도 빨리 학위를 받으려면 송이와 놀아줄 시간도 없이 열심히 공부해야 한다고 엄마가 말했다.

한 달 전 그 무렵에는 새 떼가 우르르 몰려들 듯 기쁜 소식이 송이네 집으로 연거푸 날아들었다. 아빠가 몇 년 동안 고생한 보람으로 드디어 박사 학위를 받게 되었고 하와이에 있는 큰 회사에서 아빠를 모셔가겠다고 제의해온 것이다. 엄마는 정말 날아오를 듯이 기뻐했다.

"여보, 잘 되었어요. 고생 끝에 낙이 온다더니, 이제 우리 가족도 숨통 좀 틔고 살겠네요."

그런데 그런 좋은 일들이 생긴 지 며칠도 지나지 않아 아빠와 엄마는 다투기 시작했다.

"나 그 회사의 제의를 거절했소."

"아니 왜요? 그 좋은 기회를 왜 뿌리쳐요?"

"어차피 이제 공부가 끝났으니 한국으로 돌아가야 할 것 아니오?"

"한국으로 돌아간다고요? 누구 마음대로요? 송이는 어떡하고요? 그런 중요한 결정을 어떻게 당신 혼자 내려요? 당신은 내게 한마디 상의도 없었잖아요? 대체 당신 왜 그래요?"

그날 이후 아빠와 엄마는 만나기만 하면 말다툼을 했다. 송이는 그때마다 방으로 피해 들어가 바깥이 조용해질 때까지 기다렸다.

부엌에 가보니 엄마가 저녁을 차리려고 준비해놓은 음식들이 그릇그릇 식탁 위에 널려 있었다. 저녁 밥상은 차려져 있었지만 밥맛이 나지 않았다. 엄마나 아빠에게 함께 밥을 먹자고 얘기할 용기도 나지 않았다. 아빠와 엄마가 싸우고 있는데 혼자만 배부르게 밥을 먹을 수도 없었다.

"저 뒷마당에 있을게요."

송이는 냉장고에 쪽지를 붙여놓고는 슬그머니 부엌 뒷문을 열고 마당으로 나갔다. 아빠든 엄마든 그 쪽지를 본 사람은 송이를 찾으러 나올 것이다. 혹시 아무도 송이를 찾지 않는다면 두 분은 여전히 화가 나 있다는 얘기다. 그런 상황이라면 송이는 더구나 집 안에 머물고 싶지 않았다.

뒷마당에 있는 커다란 나무에는 그네가 매달려 있다. 송이는 우울한 일이 있을 때마다 그 그네에 앉아 있곤 했다. 그냥 아무 생각 없이 삐걱대는 그네 소리에만 정신을 팔다가 어떤 때는 삐걱거리는 소리를 괜히 세보기도 한다. 그럴 때는 정말 다른 아무 생각도 하기 싫은 때이다.

송이네가 살고 있는 하와이에는 밤이 늦게 찾아온다. 저녁 일곱 시가 넘었지만 완전히 깜깜해지려면 아직 시간이 많이 남아 있다. 송이는 깜깜해질 때까지 그대로 그네에 앉아 있을 생각이었다. 아니 그래도 울적한 마음이 풀리지 않으면 하늘에 별이 빼곡하게 뜰 때까지 그대로 앉아 있을 것이다. 곧 쏟아져 내릴 것 같은 별을 보고 있으면 어떤 고민이라도 어느새 다 잊게 된다.

"얘, 너 한국 사람이지?"

담장 너머로 웬 아주머니가 송이를 불렀다.

"네, 한국 사람이에요. 아줌마는 누구세요?"

"난 뒷집에 일하러 다니는 아줌마야. 저기 뒷집 현관 앞에 대통령 할아버지 앉아계시는 것 보이지? 할아버지가 너 좀 만나고 싶으시다는데 부모님께 허락 맡고 잠깐 올래?"

뒷집 현관 앞에 놓인 흔들의자에는 머리가 하얗게 센 할아버지와 얼굴이 동글동글한 할머니가 앉아계셨다. 할아버지가 송이를 향해 손짓을 하셨다. 송이는 안 그래도 그 할아버지 집에 가보고 싶었다. 한국 대통령이셨다는 할아버지가 왜 미국 하와이에서 사시는지 송이는 늘 궁금했다. 하지만 엄마는 뒷집에 가지 못하게 했다. 할아버지를 성가시게 할까봐 그런다고 했다.

"네, 그럴게요. 우리 부모님요? 말 안 해도 괜찮아요. 저한테는 관심도 없는 걸요."

송이는 냉큼 일어나 뒷집으로 향했다.

대통령 할아버지가 송이네 뒷집으로 이사 온 건 벌써 3년 전의 일이다. 뒷집에 할아버지네가 이사 온다는 얘기를 들은 엄마는 무슨 큰 일이 난 것처럼 떠들썩하게 아빠한테 그 소식을 전했다.

"여보, 여보, 이 박사님이 우리 뒷집으로 오신대요."

"하와이로 오신다는 얘긴 들었지만 그게 우리 뒷집이라고? 그 초라한 집으로? 나 원 참, 어쩌다가……. 쯧쯧"

이웃에 새 식구가 이사 온다는 얘기에 송이도 귀가 쫑긋해졌다.

"이 박사님? 아빠, 그 분이 누구예요?"

“아, 너도 이승만 대통령님 알지? 뒷집 이 박사님은 우리나라의 초대 대통령이었던 분이란다.”

 “초대 대통령? 첫 대통령이요?”

 “그래, 이 대통령님은 제1대 대통령, 대한민국의 첫 대통령이었지. 너 미국의 제1대 대통령이 누군지 학교에서 배웠지?”

 “네, 조지 워싱턴 대통령이요. 미국 독립의 영웅이고 아주 훌륭한 분이라고 배웠어요.”

 “그래, 이승만 대통령도 워싱턴 대통령만큼이나 훌륭한 분이란다. 일본이 우리나라를 지배하고 있을 때는 독립을 위해 목숨 걸고 싸우셨고 해방이 된 후에는 대한민국이라는 자유민주주의 국가를 세우고 지키시느라 애쓴 분이지. 그분은 대한민국 독립과 건국의 영웅이시란다.”

 “그런데 그런 분이 왜 한국에 사시지 않고 여기 하와이로 이사 오셨어요?”

 “그건……”

 “송이 너 그 집에 다니면서 할아버지, 할머니 성가시게 하면 안 된다.”

 엄마가 아빠 말을 가로막고 나섰다. 느닷없는 엄마의 주의에 김이 새버린 송이는 입을 삐죽거리며 제 방으로 들어가버렸다.

 ‘내 또래 친구도 없다는데 내가 뒷집에 가서 할아버지, 할머니랑 놀 일이 뭐 있어.’

뒷집에는 친구는커녕 가끔 양복 입은 아저씨들만 들락날락
했다.

　송이네 집 마당 뒤편에 있는 작은 길을 건너면 바로 할아버지
댁이 있었다. 송이가 다가가자 나란히 앉아 계시던 할머니는 자리
를 내주고 집안으로 들어가셨다. 무릎 담요를 덮고 흔들의자에 앉
은 할아버지 곁에는 털이 복슬복슬한 강아지가 한 마리 엎드려 있
었다.

　"그래, 어서와 여기 앉아라. 너도 강아지 좋아하니? 이 개 이름
은 해피란다."

　송이는 할아버지의 모습을 처음으로 가까이서 보았다. 할아버
지의 머리카락은 검은 머리를 찾아볼 수 없을 정도로 온통 하얬
다. 저녁 해가 뉘엿뉘엿 지며 사방이 서서히 어두워지면서 할아버
지의 머리카락은 은빛으로 더욱 빛나 보였다. 할아버지의 머리카
락은 지금 막 자다가 일어난 사람처럼 헝클어져 있었다.

　"너 내가 누구인지 아니?"

　"네, 알아요. 엄마 아빠한테 얘기 들었어요."

　"앞뒷집에 살면서 이렇게 대화를 나누는 건 처음이구나. 그런데
이 늦은 시간에 왜 혼자 바깥에 나와 있었니? 네가 하도 우울해 보
여서 오라고 한 거야. 무슨 안 좋은 일이 있었니?"

　"할아버지는요? 할아버지도 우울해 보여요. 어디 편찮으세요?"

"나? 허허. 우울하지. 우울해서 병이 났단다. 우리 둘 다 서로 답답한 마음을 털어놓을 상대가 필요하구나. 네 얘기 먼저 해주련? 그럼 내 얘기도 해주마."

엄마는 집 밖에 나가서 집안 얘기 하지 말라고 했다. 더구나 할아버지 집에는 가지도 않겠다고 약속까지 했지만 송이는 엄마와의 약속을 지킬 기분이 아니었다. 또 아빠 말대로 할아버지가 훌륭한 대통령이었다면 어려운 문제를 해결하는 데 도움을 줄 것 같았다. 그래서 송이는 할아버지에게 속마음을 털어놓기로 했다.

"저희 아빠 엄마가 만날 싸워요. 그런데 두 분 다 저를 위해서 싸우는 거래요. 뭐가 저를 위하는 거지요?"

"오호, 그랬구나. 네 아빠 엄마는 만난 적이 있단다. 언젠가 내게 인사하러 오셨더구나. 그렇게 만날 싸울 분들은 아닌 것 같던데. 그래, 두 분이 싸우는 이유가 뭐라니?"

"아빠는 박사 학위를 받고 한국으로 가신대요. 그런데 엄마는 미국에서 그냥 살자고 하고요."

"한국으로 돌아간다고……"

갑자기 할아버지의 얼굴이 먹구름 낀 것처럼 어두워졌다. 할아버지의 입술은 양옆으로 길게, 그리고 굳게 닫혀버렸다. 할머니가 과자를 쟁반에 담아 내오셔서 송이 앞에 놓아주셨다. 할머니는 서양인이었다. 할머니의 동그랗고 하얀 얼굴에는 파란 눈이 반짝반짝 빛나고 있었다. 할머니는 회색 저고리에 보라색 치마를 입고 계셨다. 한국 사람인 엄마도 한복을 잘 안 입는데 서양 할머니가 한복을 입고 있는 걸 보니 느낌이 조금 이상했다. 하지만 할머니한테 한복이 아주 잘 맞아서 마치 어릴 때부터 한복을 입었던 사람처럼 보였다.

할머니가 과자를 하나 들어서 송이에게 내밀어줄 때도 송이는 아무 말도 할 수 없었다. 할아버지가 여전히 화난 사람 같은 표정을 짓고 계셨기 때문이다.

"여보, 아이가……."

할머니가 할아버지를 부르셨다. 그제야 간신히 할아버지의 굳었던 얼굴이 다시 온화한 표정으로 돌아왔다.

"그래, 미안하다. 할애비가 잠시 딴 생각을 했구나. 어디까지 얘기했지? 아, 그래. 엄마 아빠가 싸운다고 했지? 그런데 너는 누구의 편을 들고 싶니? 네 생각이 있을 것 아니냐?"

"저는 그냥 여기서 살았으면 좋겠어요. 한국 가면 친구도 새로 사귀어야 하잖아요. 그런데 한편으로는 가는 것도 좋을 것 같아요. 한국에서는 친구들하고 한국말로 실컷 떠들 수 있잖아요. 제 생각은 왔다 갔다 해요. 그런데 그게 중요한 게 아니에요."

"으응? 그럼 뭐가 중요하지?"

"부모님은 서로 저를 위한다고 하면서도 제 생각은 물어보지도 않아요."

할아버지는 문득 옆으로 팔을 뻗어 송이의 손을 쥐어주셨다. 머리카락만큼이나 하얀 할아버지의 손은 따뜻하고 부드러웠다.

"그럼 이렇게 하면 어떻겠니? 네 생각을 부모님께 말씀드리는 거야. 네 의견도 참고로 삼아달라고 하는 거지."

"근데 제가 아직 마음을 못 정했는데요?"

"며칠 시간을 달라고 하고 너도 깊이 생각해보는 거야. 네 진짜 마음이 뭔지, 어떻게 하는 것이 너 자신한테 좋은 일인지. 네 말처럼 너의 장래가 걸린 문제인데 네가 모른 척하고 있을 수는 없지 않니? 아무튼 너희 가족은 좋겠다. 마음만 먹으면 한국에 돌아갈 수도 있으니."

할아버지의 얼굴이 다시 어두워졌다. 할아버지는 한국으로 가는 얘기만 나오면 우울해하셨다. 할아버지는 무언가 깊이 생각하는 사람처럼 한동안 말도 안했고 표정은 다시 쇳덩어리처럼 굳어졌다.

"할아버지도 한국 사람이잖아요. 근데 한국에 마음대로 못 가세요?"

"그러게 말이다. 한국 가려고 언제나 짐을 챙겨놓고 있지. 그런데 공항에도 못 가보고 그냥 주저앉게 되는구나. 이 할애비는 그래서 우울한 게야. 마음이 아프니까 몸에도 병이 생기더구나. 병원에서는 며칠 입원해서 요양하라 했지만 그래도 내 집이 나을 것 같아서 집으로 왔단다."

"왜요? 누가 왜 한국에 못 가게 하는 거예요?"

"글쎄다. 나도 그게 궁금한데, 아마도 한국에서 정치하는 사람들이 할애비를 오지 말라고 하는 것 같구나. 이렇게 늙은 내가 한국에 간다고 그 사람들한테 해로운 일을 할 것도 아닌데……. 내가 지금 남의 나라에서 감옥살이를 하는구나."

병이 났다는 얘기에, 감옥살이를 한다는 얘기에 갑자기 할아버지가 불쌍해 보였다. 송이는 할아버지를 위로하고 싶어졌다.

"감옥살이요? 아빠한테 들은 말인데요. 영혼이 자유로우면 감옥에 갇혀서도 자유로울 수 있대요. 일본 사람들 지배를 받을 때 우리 독립 운동가들이 그런 생각을 하면서 버텨냈대요."

"그래? 네 아빠 대단한 사람이구나. 그런 얘길 다 하고. 할애비도 그런 경험을 한 적이 있단다. 할애비가 감옥에 갇혔던 얘기를 해줄까?"

아빠 얘기를 전해들은 할아버지의 표정이 다시 환하게 밝아졌다. 진짜 감옥에 갇혔던 이야기를 한다면서도 할아버지의 목소리는 여행 다녀온 이야기를 할 사람처럼 들떠 있었다.

할아버지의 감옥살이 이야기

"이승만, 사형!"

그때 내 나이는 겨우 스물다섯 살이었다. 사형 선고를 받는 순간 눈앞이 캄캄해졌다.

'이럴 수가. 나라를 위해 해야 할 일이 산더미 같은데 이 젊은 나이에 이렇게 허망하게 죽어야 하다니……'

나의 죄는 고종 황제를 몰아내려 했다는 것이었다. 그때 나는 나라를 구하지 못하는 황제는 더 이상 필요 없다고 생각했다. 우리에게 진정으로 필요한 지도자는 백성을 위한 나라를 만드는, 백성이 원하는 사람이어야 했다.

죽음을 바로 눈앞에 두고 절망하던 나를 그나마 견디게 해준 것은 면회 때 선교사들을 만날 수 있다는 기대였다. 서양에서 온 선교사들은 내가 배재학당에 다닐 때부터 나를 후원해준 분들이었다.

"승만, 다음 재판에 기대를 걸어봅시다. 어떤 일이 있더라도 포기해서는 안 됩니다. 승만이 황제를 죽이려 했다는 증거가 확실하지 않으니 선고는 뒤집힐 수 있습니다."

"선교사님, 최정식이라는 친구는 벌써 사형을 당했잖습니까? 이미 내려진 선고를 어떻게 뒤집겠습니까? 전 정말 억울합니다. 제 목숨이 아까운 것이 아니라, 제가 나라를 위해 제대로 일도 못 해보고 죽어야 하는 게 너무 억울하단 말입니다."

"우리 선교사들이나 승만을 알고 있는 외교관들도 여기저기 알아보고 있으니 반드시 좋은 소식이 있을 겁니다. 걱정 마십시오."

이렇게 외국 선교사들이 도와준 덕분인지 다행히 사형은 면할 수 있었다. 재판에서는 내가 황제를 죽이려 했다는 것을 증명하지 못했다. 하지만 감옥에서 풀려난 것은 아니다. 나는 곧장 100대를 맞고 평생을 감옥에 갇혀 있어야 한다는 선고를 받았다.

곤장 100대. 모진 고문에 내 몸은 만신창이가 되었다. 앉아 있을 수도 없었고 그렇다고 누워 있을 수도 없었다. 목에 커다란 나무 형틀을 쓰고 있어야 했기 때문이다. 하지만 그 무엇보다 나를 고통스럽게 했던 것은 감옥에 갇혀 있는 한 나라를 위해 어떤 일도 할 수 없다는 사실, 내 인생을 그렇게 의미 없이 보내야 한다는 사실이었다.

'난 지금 나라를 구하기는커녕 내 몸을 지키기 위해서도 아무 일도 할 수 없구나.'

그때 갑자기 배재학당 다닐 때 선교사 한 분이 해준 말씀이 생각났다.

"사람이 아무리 힘든 상황에 처해 있어도 한 가지는 할 수 있습니다. 바로 기도입니다. 자신이 아무 것도 할 수 없다는 생각이 들 때 그때가 바로 기도가 필요한 때입니다."

그때까지 나는 기독교 신자가 아니었다. 그래도 나는 선교사들이 하던 것을 흉내 내서 큰 소리로 기도를 해보기로 했다. 기도 밖에는 달리 할 수 있는 일이 없었다. 또 그때는 기도가 정말 절실하게 필요한 때였다.

"오, 하느님! 나의 조국을 구원해주옵소서, 나의 영혼을 구원해주옵소서."

이것이 나의 첫 기도였다. 그때 나는 놀라운 경험을 했다. 형벌에 짓눌린 몸은 여전히 아팠지만 정신이 맑아지고 마음이 풍선을 단 것처럼 가볍게 들뜨는 느낌이 들었다. 그 일을 경험한 후부터 나는 고통스럽고 절망스러울 때마다 큰 소리로 기도했다. 그렇게 내가 기독교 신자가 된 것이다.

"선교사님, 성경책을 보내주세요. 영어로 된 성경이어도 상관없습니다. 이참에 영어 공부도 더 열심히 해야겠습니다."

"승만, 우리가 책을 구해서 보내주는 것은 어렵지 않습니다. 하지만 감옥에서 책이 승만에게 제대로 전달될까요? 승만이 자유롭게 책을 받아볼 수 없는 처지라는 게 안타깝군요."

"그건 걱정하지 마세요. 제가 감옥서장님께 잘 말씀드려서 허락을 받아놓았습니다. 감옥서장님께서도 공부에 대한 제 열정에 두 손 두 발 다 들었다고 하시더라고요."

내가 감옥을 훌륭한 공부방으로 만들 수 있었던 것은 책과 잡지들을 열심히 가져다 준 미국 선교사들과 그것들을 빠짐없이 내게 전달해준 감옥서장, 간수들 덕분이었다. 그들은 어두컴컴한 감옥에 사는 내 삶에 밝은 등불이 되어주었다.

선교사들은 몰래 양초도 넣어주었다. 나는 그 양초를 켜고 밤

내가 감옥을

훌륭한 **공부방**으로 만들 수 있었던 것은
책과 잡지들을 열심히 가져다 준 **미국 선교사들**과
그것들을 빠짐없이 내게 전달해준
감옥서장, 간수들 덕분이었다.

그들은
어두컴컴한 감옥에 사는 내 삶에
밝은 등불이 되어주었다.

에도 자지 않고 열심히 책을 읽었다. 또 잉크도 만들어서 잡지책에 쓰기 연습도 했다. 영어 말하기 공부를 위해서 영어 성경을 큰소리로 읽기도 했다. 내가 그렇게 열정적으로 공부하는 것을 본 다른 죄수들은 혀를 내둘렀다.

어느 날 낯이 익은 몇몇 죄수가 나를 찾아왔다.

"승만 군, 감옥 안에 학교를 만들어서 애들을 가르쳐보지 않겠나?"

이렇게 얘기한 죄수들은 도둑질이나 살인 같은 나쁜 짓을 해서 감옥에 들어온 사람들이 아니었다. 자신의 주장을 펼치려다 황제의 노여움을 산 정치범들이었다.

"학교를요? 제가 누구를 가르칠 수 있을까요?"

"죄수인 부모를 따라 감옥 안에 들어온 아이들이 있다네. 그 아이들은 죄수가 아니지. 가엽게 죄수처럼 감옥에 갇혀서 학교에도 못 다니는 그 아이들을 우리가 가르쳐 보세나."

"아, 제게 그런 기회를 주신다니 정말 감사합니다. 제가 할 수 있는 최선을 다해 아이들을 가르치겠습니다."

나는 여러 사람의 도움으로 감옥 안에서 학교를 열 수 있었다. 그 학교에서 열다섯 명의 어린이에게 서예, 수학, 역사 등을 가르치기 시작했다. 나중에는 그 학교에서 어른들도 가르쳤다. 배우고자 하는 사람이 있다면 누구든 가르치기로 했다. 내가 배운 공부가 우리 민족의 무지를 깨울 수만 있다면 내 몸은 부서져도 상관이 없다고 생각했다.

"감옥서장님, 혹시 이 안에 도서관을 만들어도 될까요?"

"이승만, 자네의 욕심은 끝이 없구먼. 학교로도 모자라서 도서 관까지? 도서관에 채울 책들은 어떻게 구하려고?"

"책은 걱정마십시오. 선교사님들이 저 읽으라고 넣어준 책이 5백 권이 넘는데 그걸로도 충분합니다. 허락만 해주십시오."

이렇게 해서 감옥 안 식당 한 귀퉁이에 도서관이 마련되었다. 글을 아는 사람들은 책을 빌려다 읽었고 글을 모르는 사람들은 옥중 학교에 와서 글을 배웠다. 나는 학교에서 사람들에게 영어도 가르쳐보고 싶었다. 그러려면 우선 사전이 필요했다. 그런데 그때까지 우리나라에는 영한사전이 없었다.

"선교사님, 깨끗한 종이하고 잉크를 좀 더 구해주십시오. 제가 영한사전을 만들어보려고 합니다."

"사전이요? 승만의 열정은 정말 대단하군요. 어떻게 감옥 안에서 사전 만들 생각을 할 수 있지요?"

"네, 지난번에 보내주신 〈영어대사전〉과 〈일영사전〉을 참고로 하면 영한사전을 만들 수 있을 것 같습니다. 꼭 해보고 싶은 일입니다."

"좋습니다. 승만이니까 가능한 일입니다. 종이와 잉크 얼마든지 넣어드리지요."

비록 몸은 감옥에 갇혀 있었지만 내 영혼은 자유로웠다. 정말 내 영혼은 우리나라를 넘어 세계를 향해 자유롭게 날아다닐 수 있었다.

나는 감옥 안에서 신바람 나게 영한사전을 만들었다. A항부터 시작해서 B항과 C항을 만들고 F항을 만들 때까지 나는 거의 매일 밤을 꼬박 새우다시피 했다. 잠자리에 누워서도 영어 단어 하나하나를 우리말로 뭐라고 바꿀까 생각하느라 잠이 오지 않았다. 내가 만든 우리나라 최초의 영한사전이, 사람들이 영어 배우는 데 큰 도움이 될 것을 생각하니 마음 편히 잠자고 있을 수 없었다.

그런데 그때 우리나라에 커다란 비극이 닥쳐왔다.

"승만, 큰일이 났네. 러시아하고 일본이 전쟁을 시작했다는군."

"뭐라고요? 러일전쟁이요? 아, 하느님, 기어이 우리나라를 버리시나요?"

전쟁 소식을 듣고 나는 땅바닥에 털썩 주저앉아 큰소리로 목 놓아 울었다. 나뿐만 아니라 감옥에 갇혔던 모든 죄수가 다함께 눈물을 흘렸다.

"이제 우리나라는 어떻게 해야 할까요? 두 나라가 서로 눈치를 보고 있을 때는 그나마 나았지요. 전쟁을 해서 그중 한 나라가 이기면 그 이긴 나라가 우리나라를 집어삼키려 할 것 아닙니까? 그 나라가 일본이 되든 러시아가 되든 이제 우리를 침략하는 걸 말려 줄 나라도 없겠군요."

이제 **우리나라**는
어떻게 해야 할까요?
두 나라가 서로 눈치를 보고 있을 때는
그나마 나았지요.
전쟁을 해서 **그중 한 나라가 이기면**
그 이긴 나라가
우리나라를 집어삼키려 할 것 아닙니까?

영한사전 만들던 것도 그만두고 며칠을 울며 지냈다. 하지만 언제까지나 울고만 있을 수는 없었다. 어려운 때일수록 힘을 내서 무슨 일이든 해야 했다. 어떤 방법을 써서라도 기울어가는 우리나라를 구해야 했다.

'약하디 약한 우리나라를 누가 지켜줄 수 있을까? 어느 나라가, 우리나라를 집어삼키려는 생각 없이 진정한 우리의 친구가 될 수 있을까? 중국? 우리와 땅을 맞대고 있는 중국은 오래 전부터 호시탐탐 기회만 있으면 우리나라를 침략해왔으니 믿을 수 없다. 게다가 이제는 너무 늙고 힘이 빠져버린 나라이다. 일본? 가장 위험한 나라이다. 대륙으로 세력을 뻗어나가기 위해 먼저 우리나라를 노리고 있을 것이다. 러시아? 그 나라도 우리나라를 삼키려는 음흉한 생각을 가지고 있다. 겨울에도 얼지 않는 항구를 가지기 위해 우리나라를 침략해올 수도 있다. 미국? 아 그래, 미국이다. 미국은 우리나라와 멀리 떨어져 있어서 우리 땅을 탐내지 않을 것이다. 강대국이면서 우리 땅을 넘보지 않는 미국과 친하게 지내는 것이 우리를 지킬 수 있는 단 하나의 길이다.'

이런 내 생각을 다른 사람들에게 알려야 했다. 그 방법은 내 생각을 담은 책을 쓰는 것이었다. 그래서 나는 사전 만들기를 멈추고 〈독립 정신〉이라는 책을 쓰기 시작했다.

"…… 앞으로 조선이 멸망하지 않으려면 미국을 모델로 한 문명 개화를 통해 부국강병을 이룩해야 한다.……"

스스로 나라를 지키려면 우선 국민들을 배불리 먹일 수 있는 부자 나라가 되어야 한다. 또 경제적으로 잘 사는 것을 바탕으로 강력한 국방력을 갖춰야 한다. 이것이 부국강병이다.

"승만, 그런데 이렇게 미국을 배우자고 하다가 다시 역적으로 몰리면 어떡하려고요?"

"미국을 배우자고 했지 대한제국을 엎어버리자는 얘기는 아닙니다. 대한제국이 부국강병을 이루려면 강대국의 성공을 배워야 하는 건 당연한 얘깁니다. 우리가 배울 강대국이 미국이라는 얘기지요. 지금 대한제국은 폭풍우를 만난 배나 다름없습니다. 배가 가라앉지 않게 하려면 선원들과 승객들이 정신을 바짝 차리고 힘을 합해야 하지 않습니까?"

"아, 그러니까 나라를 다스리는 사람들은 선원이고 백성은 승객이 되겠군요?"

"네, 그렇습니다. 권력을 가진 사람들이나 백성이나 모두 힘을 합해 문명 개화를 이루어야 나라를 구할 수 있습니다."

"승만, 그래도 미국을 따르자는 것은 대한제국을 뒤엎자는 말로 오해받을 수 있습니다. 이 원고를 들키지 않고 밖으로 가지고 나갈 방법이 없을까요?"

"선교사님, 이렇게 하면 어떨까요? 원고지를 꼬아서 종이 노끈을 만드는 겁니다. 노끈은 중요한 물건이라고 생각하지 않을 테니 쉽게 빼돌릴 수 있을 겁니다."

〈독립 정신〉의 원고는 노끈으로 만들어져 나보다 먼저 감옥에서 빠져나왔다. 감옥 밖에 나와서도 우리나라에서는 책으로 낼 수 없었다. 〈독립 정신〉은, 대한제국이 일본에 의해 망하기 바로 전 미국 로스앤젤레스에서 처음 책으로 만들어졌다. 나의 첫 번째 작품이었다.

1904년 나는 5년 7개월 만에 감옥에서 나올 수 있었다. 러일전쟁이 끝나고 많은 정치범이 석방되었는데 그 무리에 나도 들어 있었다. 석방된 기쁨도 잠시, 나는 나라 걱정 때문에 다시 시름에 빠져들었다. 그때 나라의 운명은 안타깝게도 점점 더 깊은 바다 밑으로 가라앉고 있었다. 그 가라앉는 힘이 너무도 커서 몇몇 사람의 노력으로는 더 이상 막을 수 없을 지경이 되었다.

그나마 다행이었던 것은 감옥에 있던 세월이 나에게는 시간 낭비가 아니었다는 것이다. 그 안에서 했던 넓은 세상에 대한 공부는 뒷날 나라를 되찾기 위해 내가 여러 가지 일을 하는 데 큰 힘이 되었다. 고난과 위기를 기회의 준비로 바꿀 수 있었던 힘은 바로 내 영혼이 온전히 자유롭게 깨어 있었던 덕분이다.

＊　＊　＊

할아버지의 이야기는 여기서 멈췄다. 송이를 찾으러 나온 아빠가 할아버지께 다가와서 인사를 했기 때문이다. 먼 하늘을 불긋불긋하게 물들였던 노을도 완전히 저버리고 사방은 이미 컴컴해진 후였다. 할아버지 집 기둥에 걸린 노란 등불이 현관을 비추고 있었다.

"너 이름이 뭐라고 했니? 할애비가 이름도 안 물어봤구나."

"송이예요. 한송이."

"한송이. 꽃 이름보다 더 예쁜 이름이구나. 너 또 우울해지면 할아버지한테 찾아오지 않겠니? 캄캄한데 마당에 혼자 있지 말고. 할애비는 너랑 얘기하니까 우울했던 마음이 한결 풀어지는 걸."

"네, 할아버지. 또 올게요. 약속해요."

"그런데 이왕이면 낮에 오렴. 밤에 어린 학생 혼자 다니는 건 위험하거든. 올 때 부모님께 꼭 말씀드리고."

집까지 돌아오는 동안 아빠는 아무 말도 하지 않았다. 송이는 마음대로 남의 집에 갔다고 혼날까 두려워 아빠 얼굴을 계속 흘금흘금 올려다봤다. 그래도 아빠는 말이 없었다.

"아빠, 화났어요?"

"아니, 화 안났어. 네가 대통령 할아버지 말동무 해드려서 할아버지가 좋아하셨잖니."

"그런데 아빤 왜 시무룩해요?"

"이승만 박사님이 너무 늙으신 것 같아서 슬퍼서 그런단다. 좋은 날을 다시 못보고 돌아가실까봐."

감옥 안에서 했던 넓은 세상에 대한 공부는

뒷날 나라를 되찾기 위해

내가 여러 가지 일을 하는 데 큰 힘이 되었다.

고난과 위기를

기회의 준비로 바꿀 수 있었던 힘은

바로 내 영혼이

온전히 자유롭게 깨어 있었던 덕분이다.

일요일

DR. SYNGMAN RHEE

"외할아버지 안녕하세요?

저 미국 하와이의 송이예요. 지난 번 미국에 오셨을 때 허리가 아프다고 하셨잖아요. 지금은 다 나으셨어요? 할아버지 허리가 빨리 나으라고 제가 기도할게요. 할아버지, 근데 제게 고민이 있어서 할아버지께 편지를 쓰는 거예요. 아빠가 곧 박사 학위를 받게 된대요. 그건 아주 잘된 일 같아요. 엄마도 굉장히 좋아했거든요. 그런데 아빠는 학위를 받고 한국에 가자는데 엄마는 그냥 미국에서 살자고 해요. 두 분 다 제 교육을 위해서래요. 그런데 아빠 엄마가 크게 싸웠어요. 아직도 계속 싸우고 있어요.

뒷집에 사시는 대통령 할아버지는 제 의견을 아빠 엄마한테 얘기하래요. 그래서 어제 엄마 아빠한테 다음 주 일요일까지 생각할 시간을 달라고 했어요. 엄마는 펄쩍 뛰는데 아빠가 그렇게 하래요. 근데 제가 뭐라고 얘기해야 할지 모르겠어요. 저는 미국에서 살고 싶은데 아빠는 혼자서라도 한국에 갈 것 같아요. 아빠 엄마가 저 때문에 이혼하면 어떡하죠? 할아버지 제가 어떻게 얘기해야 할지 가르쳐주세요. 답장 기다릴게요. 미국에서 송이 올림"

송이는 한국에 계신 외할아버지께 편지를 썼다. 자신의 생각을 말하겠다고 큰소리는 쳤지만 도대체 무엇을 어떻게 결정해야 할지 두렵기만 했다. 혼자서 결정하기에는 너무 벅찬 일이었다. 하지만 아빠나 엄마한테는 도움을 청할 수도 없다. 아빠 엄마 중 누구의 의견을 따라야 할까? 다른 애들은 안 해도 되는 그런 고민을 왜 혼자만 하게 되었을까? 송이는 아빠 엄마가 원망스러워졌다.

'아, 외할아버지가 계셨지.'

송이는 대통령 할아버지를 만나고 온 후 서울의 외할아버지를 생각해냈다. 외할아버지라면 뭔가 송이가 원하는 대답을 알려줄 것 같았다. 편지를 써서 집 앞 우체통에 넣고 오는 송이의 발걸음은 팔랑거리는 나비 날개처럼 한결 가벼워졌다. 마음의 짐을 조금 덜어서 편지에 넣어 보낸 느낌이었다. 부모님에게 시간을 달라고 당당하게 얘기한 것부터 외할아버지께 편지를 쓸 생각을 해낸 것까지, 송이는 스스로 키가 한 뼘은 더 커진 것 같아 기분이 좋아졌다.

'대통령 할아버지한테 자랑해야지.'

송이는 폴짝폴짝 뛰어서 뒷집으로 갔다. 어제 저녁 아빠한테 할아버지 집에 언제라도 놀러가도 된다는 허락을 받았다. 아빠는 송이랑 나누는 대화가 할아버지를 즐겁게 해드릴 수도 있다고 생각했다. 아빠가 허락했다니까 엄마는 아무 말도 하지 않았다. 엄마는 그런 일로까지 아빠랑 싸우기는 싫었던 모양이었다.

"할아버지, 외할아버지한테 편지를 써서 부쳤어요. 외할아버지는 엄마보고 뭐든지 마음대로 하라고 하는데요. 그래도 엄마는 외할아버지 말에는 꼼짝도 못해요."

"그래? 편지에 뭐라고 썼니?"

"제가 이 일에 대해 어떻게 생각하는지, 뭐가 어려운 일인지 쓰고 외할아버지의 도움이 필요하다고도 썼어요."

"그래? 허허. 너도 제법 외교를 할 줄 아는구나. 나중에 훌륭한 외교관이 될 수 있겠어. 허허허."

"외교요? 제가 외교를 했어요? 어떻게요?"

"그런 게 바로 외교란다. 자기 혼자의 힘으로는 해결하기 어려운 일을 다른 사람의 도움이라도 받아서 해결하려고 노력하는 것, 다른 사람이 나를 돕도록 그를 설득하는 것, 그리고 다른 사람이 나를 돕고 싶은 생각이 들도록 평소에 좋은 관계를 유지하는 것, 이런 것들이 외교지."

"그럼 제가 하고 싶은 일을 좀 더 쉽게 이루려면 외교를 잘 해야겠네요?"

"그래, 할애비 말을 제법 잘 이해하는구나. 개인뿐만 아니라 국가도 원하는 바를 쉽게 이루려면 평소에 외교를 잘 해둬야 한단다."

"할아버지도 외교를 잘 하셨나요?"

"나? 내가 잘 했는지 못 했는지를 내 입으로 어떻게 얘기하겠니. 하지만 우리나라가 겪는 어려움을 해결하려면 외교를 잘 하는 방법 밖에 없다고 생각했지. 그 생각은 해방 전에나 해방 후에나 변함이 없었다. 그래서 내가 최선을 다해 외교에 힘썼다는 건 확실히 말할 수 있단다.”

할아버지의 외교 이야기

“대한 독립 만세! 만세! 만세!”

1919년 3월 1일, 우리 민족은 일본의 지배로부터 벗어나기 위해 만세 운동을 시작했다. 그 무렵 미국의 윌슨 대통령은 ‘민족자결주의’라는 주장을 내세웠다. 민족자결주의는, 자기 민족의 일은 그 민족 스스로 결정하게 내버려두자는 주장이었다.

“윌슨 대통령의 민족자결주의 덕분에 아프리카에 있던 독일의 식민지들이 속속 해방되었다고 합니다. 우리도 민족자결주의에 호소하면 곧 해방될 수 있을 겁니다.”

우리 민족 대표 서른세 명은 이런 기대로 독립선언서를 만들었다.

“…… 우리 한민족은 일본과 다른 민족이니 일본의 강제 지배로부터 해방되어야 한다.……”

3월 1일, 그날은 고종 황제의 장례식 날이었다. 민족 대표들은 독립선언서를 발표했고 수많은 사람이 서울 탑골공원으로 모여들었다. 고종 황제가 의문의 죽음을 맞았다고 생각한 사람들은 나라 잃은 설움과 울분까지 함께 담아 힘차게 대한 독립 만세를 외쳤다. 순식간에 태극기의 물결이 거리를 메웠고 당황한 일본 경찰들은 만세 부르는 우리 민족을 마구 잡아들였다.

만세 운동은 하루로 끝난 게 아니었다. 석 달 넘게 전국에서 만세 운동이 계속되었다. 하지만 미국을 비롯한 다른 나라들은 우리에게 관심을 두지 않았다.

"어떻게 이럴 수가 있습니까? 민족자결주의가 독일의 식민지에만 해당되고 우리한테는 해당되지 않는다는 말입니까?"

"국제 사회에서는 대체 우리를 어떤 존재로 여기고 있는지 모르겠습니다. 작고 미개한 부족 정도로 생각하고 있는 것 아닙니까?"

"아마도 그런 모양입니다. 1905년 외교권을 일본에게 빼앗긴 이후 우리는 외교 활동을 전혀 할 수 없었잖습니까? 이를 어쩌면 좋겠습니까?"

"안타까운 일이지만 정식 국가가 아니니 우리를 도와줄 필요도, 방법도 없다고 생각할 수도 있습니다."

"여권도 만들 수 없어서 외국에서 열리는 국제 회의에도 참석할 수 없습니다. 일본 여권을 가지고 다니면서 일본으로부터 독립하도록 도와달라고 할 수는 없지 않습니까?"

"임시로라도 우리 정부를 만들어서 우리의 주장을 정식으로 내놓아야 하는 것 아닙니까?"

"그래요. 우리 임시 정부라도 세웁시다."

그해 4월 상하이에 임시 정부가 만들어졌다는 소식이 들려왔다. 미국 필라델피아에서 독립 운동을 하고 있던 나는, 내가 임시 정부의 대통령이 되었다는 연락도 받았다.

그때 나는 미국에 사는 교민들과 함께 독립 선언을 하고 새로 나라 세우는 것을 의논하던 중이었다.

"…… 앞으로 세워질 국가는 미국의 대통령 중심제와 자유민주주의 체제를 모범으로 삼는다.……"

그 자리에 모인 사람들과 나는 결의문을 발표하고 미국 독립기념관까지 행진해갔다. 우리나라가 반드시 독립하겠다는 의지를 세상 사람들에게 알리는 시위였다. 우리는 미국 독립기념관 앞에서 3·1운동 때 서울에서 발표되었던 독립선언서를 낭독했다. 그리고 모두 함께 만세를 불렀다. 나는 그날 미국의 초대 대통령인 조지 워싱턴이 사용했던 의자에 앉아 사진을 찍었다. 그것이 대한민국 임시 정부 대통령의 취임식이었다.

"조선이 망한 것은 힘이 센 여러 나라가 서로 협조해서 일어난 국제적 사건입니다. 그 강대국들이 계속 자기들끼리 서로 돕고 있는 한 우리나라의 독립은 불가능합니다. 이런 국제 정치의 현실에서 우리나라가 독립할 수 있는 방법은 강대국들을 설득하여 우리 독립의 약속을 얻어내는 것밖에 없습니다."

나는 예전부터 이렇게 외교독립론을 주장했다. 독립을 이루기 위해서는 외교가 가장 중요하다는 것이 내 생각이었다.

"우리 한민족이 상하이에 임시 정부를 세웠습니다. 앞으로 우리 민족과 관련된 일은 일본이 아닌 우리 정부의 외교부와 의논해주십시오. 또 상하이 임시 정부를 정식 정부로 인정하고 우리의 주장에 귀를 기울여주십시오."

임시 정부 대통령으로서 내가 가장 먼저 한 일은, 우리 민족의 정부가 세워졌음을 사람들에게 알리는 일이었다. 미국, 영국 등의 강대국 국가 원수들과 파리평화회의 의장에게도 그 소식을 알렸다. 한국 독립 승인의 문제를 미국 국회에서 다루도록 미국의 국회의원을 설득하기도 했다. 비록 미국 국회에서 받아들여지지는 않았지만 외교를 통해 독립을 하려던 나의 활동이 본격적으로 시작된 것이다.

다음 해 나는 중국 상하이로 건너갔다.

"중국 가실 때 여객선이 아닌 화물선을 타셔야겠습니다."

"

조선이 망한 것은
힘이 센 여러 나라가 서로 협조해서 일어난
국제적 사건입니다.
그 강대국들이
계속 자기들끼리 서로 돕고 있는 한
우리나라의 **독립은 불가능합니다.**

우리나라가 독립할 수 있는 방법은
강대국들을 설득하여
**우리 독립의 약속을 얻어내는
것밖에 없습니다.**

"

"왜요? 무슨 일이 있나요?"

"일본 사람들이 대통령님을 잡는 사람에게 30만 달러를 준다고 현상금을 걸었답니다. 그래서 배표 검사를 하는 여객선을 타시면 위험합니다. 불편하시더라도 화물선 짐칸에 타셔야겠습니다. 화물선은 사람에 대한 감시가 허술하니까요."

나를 돕던 임병직이라는 사람과 나는 화물선의 갑판 밑 창고에 숨었다.

"이게 무슨 냄새죠? 고약한 냄새가 나는데요? 혹시 시체 썩는 냄새가 아닐까요?"

"아, 이 화물들은? 이거 시체 넣는 관들 아닙니까?"

우리가 숨은 곳에는 고국으로 옮겨지는 중국인들의 시체를 넣은 관들이 쌓여 있었다. 하지만 고약한 시체 냄새는 문제가 아니었다. 몰래 탄 것을 들켜서 배에서 내려야 할지도 모른다는 불안감이 우리를 더욱 힘들게 만들었다.

그래도 중국까지 20일 넘게 배를 타고 가는데 창고 안에 계속 숨어 있을 수는 없었다. 우리는 배가 항구를 떠난 지 하루가 지난 후 갑판 위로 올라갔다.

"어, 당신들 뭐야?"

"저희는 중국 사람인데 돈이 없어서 몰래 탔습니다. 죄송합니다. 죄송합니다."

우리를 발견한 항해사는 우리를 끌고 선장에게 데려갔다. 미리 얘기가 다 되어 있었지만 선장은 모른 척하고 우리를 야단쳤다.

"돈이 없다고 남의 배에 함부로 올라타도 되는 거요? 배가 바다 한가운데 있으니 내리라고 할 수도 없고. 어쨌든 당신들, 배 탄 값은 해야 하니 이제부터 배 위에서 청소하고 짐 나르는 일을 하도록 하시오."

20일이 지나 중국에 도착했을 때, 임시 정부의 대통령인 나와 그 비서인 임병직은 중국인 일꾼 사이에 끼어서 배에서 내렸다. 멋진 환영 행사는커녕 어깨엔 통나무까지 멘 채였다. 이런 게 바로 나라를 빼앗긴 민족의 설움이었다. 말이 대통령이었지 나는 늘 일본 경찰에 쫓겨 다니는 신세를 면할 수 없었다.

이렇게 어렵게 중국으로 갔지만 나는 5개월 만에 미국으로 돌아와야 했다. 상하이 임시 정부에 참여한 여러 사람의 의견은 나의 생각과 많이 달랐다. 그들은 외교로는 독립을 이루기 어렵다고 주장했다.

"지금 여기서 우리가 한가하게 외교 타령이나 하고 있을 때가 아니오. 어느 세월에 강대국들을 설득한단 말입니까? 그 사이에 우리 민족은 모두 저 세상에 가고 없을 것이오. 지금 당장 중국 만주나 소련 연해주로부터 무장대를 침투시켜 일본 관공서들을 다 폭파해버립시다. 그래서 저놈들의 간담을 서늘하게 해줍시다. 우리 임시 정부도 소련으로 옮겨서 공산주의식 무장 투쟁을 합시다."

"무모한 무장 투쟁은 우리 한인들의 희생만 늘어나게 할 것입니다. 관공서 몇 개 폭파한다고 독립이 되겠습니까? 계란으로 바위를 치면 수많은 계란이 깨질 뿐 바위는 끄덕하지 않잖습니까?"

"아니, 그럼 이승만 박사, 당신은 어떻게 하자는 거요? 가만히 보고만 있자는 거요?"

"아닙니다. 외교를 통해서 독립을 얻어내야지요. 부지런히 외교를 하자는 겁니다."

"무슨 소리요. 지금 그렇게 한가하게 다른 나라 외교관들하고 노닥거릴 틈이 어디 있소. 아쉬울 게 없이 다 차지한 그 사람들이 우리 얘기를 들어주기나 할 것 같소? 일본 놈들 한 놈이라도 우리 손으로 죽여 없애야지."

임시 정부 국무총리였던 이동휘는 자리를 내놓고 소련으로 가 버렸다. 그는 원래 공산주의자였다. 여운형과 안창호도 나를 비난했다.

"외교독립론은 독립 정신에 어긋나는 주장입니다. 독립이 뭡니까? 홀로 서는 것 아닙니까? 우리 힘으로 나라를 되찾아야 독립이지 다른 나라의 힘을 빌리면 그게 독립입니까?"

"하지만 지금 우리에게 나라를 되찾을 힘이 없는데 어떡합니까? 다른 나라의 힘이라도 빌려야지요."

"우리가 힘을 기르면 되지 않습니까? 학생들 교육도 열심히 시키고……."

"옳은 말씀입니다만, 우리가 힘을 기르는 동안 저네들은 놀고만 있답니까? 저네들의 힘도 점점 강해지지요. 그렇게 되기 전에 어서 빨리 다른 힘센 나라의 힘을 빌려서라도 우리나라를 되찾자는 것입니다. 다른 나라에 기대자는 얘기가 아닙니다."

"다른 나라요? 어떤 나라의 힘을 빌리자는 겁니까? 다들 우리나라를 못 집어삼켜서 난리들인데."

"물론 그렇습니다. 또 일본이 우리나라를 빼앗을 때 다른 강대국들이 그걸 모른 척했지요. 그래서 일본이 우리나라를 마음 놓고 침략할 수 있었던 겁니다. 그렇게 하려고 일본이 을사년에 우리 외교권부터 빼앗아버리지 않았습니까? 우리가 나라를 빼앗긴 것은 일본과의 외교 전쟁에서 졌기 때문입니다. 이제 우리가 임시 정부의 이름으로라도 열심히 외교를 펼쳐 일본 침략이 잘못된 일이라는 것을 다른 나라에 알려야 합니다. 그래서 그들의 도움이라도 받아야 나라를 되찾을 수 있습니다."

하지만 이들도 임시 정부를 떠나버렸다. 애써 만든 임시 정부가 곧 사라질 것 같았다. 나는 상하이에서 나에게 반대하는 사람들과 말다툼만 하고 있을 수 없었다. 나 혼자서라도 열심히 외교 활동을 펼쳐야 했다. 마침 미국에서 태평양 지역의 아홉 개 나라가 참여하는 국제 회의가 열리게 되었다. 나는 그 회의에서 우리의 독립을 호소하기 위해 미국행 배를 탔다.

"

우리가 나라를 빼앗긴 것은
일본과의 외교 전쟁에서 졌기 때문입니다.
이제 우리가 **임시 정부의 이름**으로라도
열심히 외교를 펼쳐
일본 침략이 잘못된 일이라는 것을
다른 나라에 알려야 합니다.
그래서 그들의 도움이라도 받아야
나라를 되찾을 수 있습니다.

"

외교는 나라와 나라 사이의 만남과 대화를 통해 이뤄진다. 그런데 내가 앞장 선 임시 정부 대표단은 국제 회의에 참가조차 못하는 일이 많았다. 대한민국 임시 정부는 국제적으로 인정을 받지 못했기 때문이다.

그러는 동안 일본은 그 힘이 점점 더 커지고 있었다. 아시아 전체를 자기네 지배 아래 두고 싶었던 일본은 1931년 큰일을 저지르고 말았다. 바로 중국 대륙을 침략한 것이다.

"이 박사님, 큰일 났습니다. 일본이 만주를 강제로 점령했답니다. 그리고 거기에 만주국이라는 꼭두각시 나라를 세웠다는군요."

"기어이 그놈들이 일은 냈군요. 섬나라 놈들이 내륙을 점령하려고 눈이 벌개져 있더니 기어이 큰일을 저질렀어요."

"이제 일본이 중국까지 차지하는 겁니까? 그럼 우리의 독립은 점점 더 어려워지는 것 아닙니까?"

"아니요. 그렇지 않을 겁니다. 이제 보십시오. 세계 여러 나라가 일본을 비난할 겁니다. 일본이 대륙에까지 손을 뻗치는 것을 좋아할 강대국은 없을 테니 말입니다."

정말 내 말대로 세계 여러 나라가 일본의 만주 침략을 비난하기 시작했다. 1933년에는 제네바의 국제연맹 본부에서 일본의 만주 침략을 비난하는 국제 회의가 열렸다. 나는 임시 정부의 대표 자격으로 그 자리에 참석하였다.

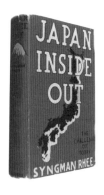

"일본은 이미 20년 전부터 한국을 강제로 점령하고 있습니다. 만주국 점령이 옳지 않은 것처럼 한국 점령도 옳지 않은 일입니다. 그 옳지 않은 일 때문에 한국 민족은 심한 고통에 시달리고 있습니다. 한국은 일본으로부터 독립되어야 합니다."

그 회의에서 나는 우리나라가 독립할 수 있도록 도와달라고 호소했지만 별다른 반응을 얻지 못했다. 다른 나라 참석자들은 일본을 비난하면서도 식민지 한국에 대해서는 관심을 가지지 않았다.

'일본이 얼마나 간교하고 위험한 존재인지 내가 아무리 강조해도 사람들이 믿지 않는구나. 이를 어떻게 해야 할까? 그래, 책으로 만들어내자. 책에 내 생각을 자세히 써서 더 많은 사람에게 이 일을 알려야겠다.'

1941년 나는 〈일본 내막기〉라는 책을 영어로 써서 펴냈다. 일본이 얼마나 위험한 나라인가를 알리는 내용의 책이었다.

"…… 해군국으로서의 일본은 지금 태평양의 한쪽을 강력하게 위협하고 있다. 이 글을 쓰는 이유는 미국으로 하여금 일본을 감시하라고 경고하기 위해서이다. 일본의 일그러진 군사적 야망은 이미 한국을 포함한 그 이웃 국가들에게 피해를 입히고 있다. 일본은 머지않아 미국을 공격할 것이다. 나는 모든 미국 사람이 이책을 읽고 그들 앞에 닥친 위험이 무엇인가를 깨달으리라고 믿는다······.”

하지만 미국 사람들은 엄청난 경고를 하는 이 책에도 별 관심이 없었다. 미국인 친구들은 내게 이렇게 묻기도 했다.

“닥터 리, 당신은 미국이 일본과 전쟁하기를 바라나요?”

“아니지요. 오히려 그 반대입니다. 미국이 일본과 전쟁하지 않기를 진심으로 원합니다. 전쟁을 피하기 위해서 일본이 커지는 것을 막아야 한다는 겁니다. 더 늦기 전에 말입니다.”

미국 사람들은 끝내 내 말을 귀담아 듣지 않았다.

그런데 일본은 기어이 미국을 침략하여 전쟁을 일으켰다. 바로 그해 12월이었다.

“이 박사님, 큰일 났습니다! 전쟁이 일어났어요!”

“무슨 전쟁이요? 역시 일본인가요?”

“네, 박사님 말씀대로예요. 일본이 하와이 진주만의 미군 기지를 기습했답니다. 폭탄을 실은 비행기들이 항공모함에 와서 부딪혔답니다. 자살 특공대지요. 미군은 두 눈 뻔히 뜨고 꼼짝없이 당하고 말았답니다. 죽은 사람이 몇 천 명이 될 거랍니다.”

“자살 특공대요? 일본 놈들은 역시 잔인하군요. 어떻게 그런 일

을 저지른답니까? 큰일을 저지를 거라고 예상은 했지만 이 정도일
줄이야. 제 나라 군인들을 어떻게 그렇게 죽인답니까? 정말 독한
놈들이에요."

실제 전쟁이 일어난 후에야 미국 사람들은 〈일본 내막기〉 책을
열심히 읽기 시작했다. 미국 사람들은 이 책을 예언서로, 나를 예
언자로 여겼다. 미국의 군대와 사관학교 등에서 이 책을 교재로
사용했다. 미국의 국방부는 이 책을 미군의 모든 장군에게 나눠주
고 반드시 읽도록 했다.

물론 나는 예언자가 아니다. 다만 일본의 본성에 대해 잘 알고
일본이 어떤 태도를 취해왔는가, 그들의 태도에 어떤 변화가 있었
는지를 눈여겨 본 결과 그런 예상을 할 수 있었을 뿐이다. 이런 눈
은 세상을 넓게 보려는 자세에서 만들어진다. 내 발등만 내려다보
고 거기에 붙은 불을 끈 것만으로 만족하는 자세로는 세상 돌아가
는 것을 당연히 알 수 없다.

미국 정부가 임시 정부의 활동에 눈을 돌린 것은 1942년 무렵
이었다. 나는 그때까지 임시 정부를 승인하고 무기를 지원해달라
고 끈질기게 미국 정부에 요청했었다.

"닥터 리, 임시 정부의 목표가 무엇인지 문서로 알려주시오."

"우리의 목표는 자유주의 이념을 실현한 독립 국가를 세우는 것
입니다. 자유 선거를 통해 세워진 한민족의 자유주의 국가는 동북

아시아의 평화 유지에 기여할 것입니다. 대한민국의 임시 정부가 승인되지 않으면 전쟁이 끝났을 때 한반도에 공산 정권이 들어설 가능성이 커집니다. 이는 세계 평화를 위해서도 불행한 일입니다."

내가 보낸 문서에 대한 미국 국무장관의 대답은 한참 뒤에야 돌아왔다. 그것도 직접적인 답변이 아니라 기자회견을 통한 간접적 답변이었다.

"자신의 자유를 위해 싸우지 않는 민족은 미국의 지원을 기대할 자격이 없습니다."

나는 이 말에 크게 실망했다.

'우리 민족이 '싸우지 않는 민족'으로 보였다니……. 그럼 이제껏 수많은 독립 운동가가 목숨을 걸고 투쟁한 것은 무엇이란 말인가? 내가 이렇게 남의 나라에 와서 갖은 수모를 겪으며 고생하고 있는 것은 무엇이란 말인가?'

하지만 나는 포기하지 않았다. 실망했다고 우리나라의 독립을 위한 외교 활동을 멈출 수는 없었다. 또 일본의 지배 아래서 고생하고 있는 우리 동포들에게까지 실망을 안겨줄 수는 없었다.

그 당시 외국에서 활동하던 독립 운동가는 대부분 자신이 활동하고 있는 나라의 국적을 얻었다. 그렇지 않으면 일본 국적을 가지고 있어야 했는데 일본 국적을 가진 사람이 일본을 몰아내자는 얘기를 하는 것은 문제가 있었기 때문이다.

나에게 미국 국적을 얻으라고 권하는 사람도 있었다.

"아예 미국 국적을 갖고 다니는 게 좋지 않겠습니까? 매번 수속을 하려면 번거롭고 귀찮지 않습니까?"

"우리나라가 곧 독립될 것입니다. 지금 미국 국적을 얻었다가 우리나라가 독립되면 다시 국적을 바꿔야 할 텐데 그게 더 번거롭지요."

나는 끝까지 미국 국적을 갖지 않고 국적이 없는 망명객으로 살았다. 그래서 미국 영토 밖으로 나갔다가 들어오려면 미국 국무부의 복잡한 절차를 겪어야 했다. 그래도 나는 단 하루라도 다른 나라 사람으로는 살고 싶지 않았다.

나는 외교의 힘으로 나라를 되찾아야 한다고 주장해왔다. 하지만 전쟁이 일어난 그때는 군대를 만들어 미국을 도와야 한다고 생각했다. 미군들의 회의에 여러 번 참석하여 내 생각을 말했다. 또 중국에 있는 임시 정부에 무기를 지원할 것을 요구하기도 했다.

덕분에 한인 게릴라 부대를 한반도에 보낸다는 계획이 마련되었다. 게릴라 부대원으로 뽑힌 한인들은 샌프란시스코 앞바다의 작은 섬에서 침투에 필요한 여러 가지 훈련을 마쳤다. 물론 이들이 한반도에 들어가기 전에 해방이 되었지만 우리 민족이 '싸우지 않는 민족'이 아니라는 것을 보여줄 수 있었다.

한편 나는 '미국의 소리'라는 방송을 통해 고국의 동포들에게 희망의 소식을 전했다.

나는 끝까지 미국 국적을 갖지 않고
국적이 없는 망명객으로 살았다.
그래서 미국 영토 밖으로 나갔다가 들어오려면
미국 국무부의 복잡한 절차를 겪어야 했다.

그래도 나는 단 하루라도
다른 나라 사람으로는
살고 싶지 않았다.

"나는 이승만입니다. 미국 워싱턴에서 우리 2천3백만 동포에게 말합니다. …… 내가 말하는 것은 제일 중요하고 기쁜 소식입니다. …… 일본 제국주의는 전쟁에 패하고 있고 우리 임시 정부는 미국의 승인을 얻어 연합군의 일원으로 참가할 날이 가까워지고 있습니다. ……"

조국이 곧 해방될 것이라는 소식을 알리는 방송이었다.

1943년 이집트 카이로에서 열린 미국과 영국, 중국의 회의에서 우리의 독립에 대한 이야기가 처음으로 나오기 시작했다.

"한민족의 노예 상태를 생각하여 적당한 시기와 절차에 따라 독립을 허용합시다."

이 발표를 듣고 나는 뛸 듯이 기뻤다. 당장이라도 해방을 맞은 것 같은 기분이었다. 그런데 기쁨도 잠시, 다시 나를 불안하게 만드는 문제가 있었다.

'적당한 시기와 절차라는 말은 무엇을 의미할까? 혹시 일본이 패망한 후에도 우리나라가 곧바로 독립되지 못하는 건 아닐까?'

그때부터 나는 독립의 시기가 늦춰지지 않도록 하는 데로 외교의 방향을 돌렸다. 하지만 그땐 믿을만한 나라가 거의 없었다. 중국도 믿을 수 없는 나라였다. 중국은, 한국이 오랫동안 자신들을 섬기던 나라라고 생각했다. 그래서 독립하는 것을 원치 않았다. 중국이 자신들의 영토 안에 있는 임시 정부를 승인하지 않는 것을 봐서도 알 수 있는 일이었다.

그 무렵 미국은 소련을 전쟁에 끌어들이기 위해 여러 가지 조건을 내걸고 있었다. 그 중 하나가 한반도에서 소련이 어떤 권리를 가질 수 있게 하겠다는 것이었다. 소련은 한반도로 내려오는 것을 대단히 매력적인 일로 여겼다. 소련의 오래된 꿈은 겨울에도 얼지 않는 항구를 갖는 것인데 한반도로 진출하면 그 꿈을 이룰 수 있을 것이었다.

일본 못지않게 위험한 나라는 공산 혁명 결과 러시아에 세워진 나라, 소련이었다. 나는 외교를 중요하게 생각했지만 공산주의자와는 절대로 손잡지 않았다. 나는 독립된 우리나라가 자유민주주의 국가여야 한다는 믿음을 한 번도 버린 적이 없다. 임시 정부 대통령이 된 지 5개월 만에 그만두게 된 이유도 그 때문이다. 임시 정부 안에 있는 공산주의 세력과 민족주의 세력이 외교를 통해 독립을 하자는 나의 주장을 격렬하게 비판했던 것이다. 하지만 나는 나의 노선을 바꾸거나 타협하려 하지 않았다.

그런데 미국은 공산주의의 대표와도 같은 소련과 가까이 지내고 있었다. 나는 그것이 불안했다. 소련은 우리나라와 가까이 있어서 맘만 먹으면 충분히 우리나라 땅에 영향을 끼칠 수 있었다. 공산 혁명이 일어나기 전에도 우리나라를 두고 일본과 전쟁까지 치르지 않았던가?

"일본이 망한 후 소련이 한반도를 점령할 위험이 있습니다. 이를 막기 위해서는 미국이 앞장서서 중국에 있는 임시 정부를 승인해야 합니다."

"닥터 리, 소련은 지금 우리 미국과 같은 편입니다. 소련과 함께 전쟁을 치르고 있는데 경계를 하라고 하면 어떡합니까? 소련과 미국은 서로 믿고 힘을 합해야 합니다."

나는 공산 국가 소련이 얼마나 위험한 나라인가에 대해서도 미국 사람들에게 끊임없이 말해줬다. 소련과 같은 편이 되어 전쟁을 치르던 미국은 나의 이런 경고와 요청을 무시했다. 미국에 있던 다른 독립 운동 단체들도 미국의 뜻을 따랐다. 그래서 독립 운동 단체들도 공산주의와 타협했다. 하지만 나는 공산주의에 반대하는 생각을 절대로 바꾸지 않았다.

"닥터 리, 미국 정부는 공산주의자와 손을 잡고 함께 일하기를 원합니다. 닥터 리도 그런 미국의 정책에 따라야 합니다. 만일 혼자 끝까지 고집을 피운다면 닥터 리만 따돌림 당하게 될 것입니다."

"닥터 올리버, 공산주의자들은 강한 조직을 가지고 있습니다. 그래서 그들과 손잡으면 그들에게 질 것이 뻔합니다. 공산화를 위해 그들과 손을 잡느니 차라리 시골에 가서 닭이나 키우며 살겠습니다."

나는 공산 국가 소련이

얼마나 위험한 나라인가에 대해서도

미국 사람들에게 끊임없이 말해줬다.

소련과 같은 편이 되어 전쟁을 치르던 미국은

나의 이런 경고와 요청을 무시했다.

하지만 나는

공산주의에 반대하는 생각을

절대로 바꾸지 않았다.

소련이 싫어할까봐 미국이 임시 정부를 승인하지 않는다는 소문을 들은 나는 뭔가 음모가 벌어지고 있다고 생각했다. 한반도를 놓고 강대국들이 음모를 꾸미고 있다는 생각을 하니 불안해서 견딜 수가 없었다.

1945년 나의 불안함은 사실로 드러났다. 얄타라는 곳에서 열린 회의에서 소련은, 전쟁에 참여하는 대가로 미국과 함께 일본을 공동 관리할 수 있는 권리를 얻었다. 이 회의에는 미국, 영국, 소련의 정상이 참석했다. 여기서 '일본'이라는 말 속에는 일본 지배 아래 있던 한국도 포함되어 있었다. 실제로 경계선을 긋지 않았을 뿐 우리나라의 분단은 이 얄타 회담에서 결정된 것이나 다름없었다.

더 이상은 참고 기다릴 수 없었다. 나는 유엔 창립총회가 열리는 샌프란시스코 회의장에서 기자들을 만났다.

"얄타 회담에서 강대국들이 한반도를 소련에 넘기기로 비밀리에 약속했답니다. 어떻게 이런 일이 있을 수 있습니까? 강대국들이 어떻게 한 나라를 자기들 마음대로 주거나 받거니 한다는 말입니까?"

내 말에 전 세계가 깜짝 놀랐다. 얄타 회담에 참가했던 나라들은 그런 일 없었다고 서둘러 해명했다. 하지만 내가 한 얘기는 곧 사실로 드러났다. 소련은 1945년 8월 8일 일본에 선전 포고를 하고 곧바로 한반도를 향해 군대를 보냈다. 미국은 소련이 한반도를 완전히 점령할까봐 38선 아래로는 내려오지 말라고 서둘러 선을 그었다. 소련은 미국이 북한에 손대지 못하게 하려고 38선을 막아 버렸다.

그 후 소련은 김일성을 내세워 북한에 공산주의 정부를 만들었 는데 미국은 아무런 항의도 하지 않았다. 그때까지도 미국은 소련 의 진짜 모습을 제대로 알지 못했다. 이렇게 큰 나라들의 외교적 이해 관계로 한반도가 분단되어버렸다. 하지만 그 커다란 파도를 막아내기에는 우리의 힘이 너무도 약했다.

✳ ✳ ✳

"할아버지, 미국은 우리나라랑 가장 친한 나라잖아요. 그런데 왜 우리가 일본으로부터 빨리 해방될 수 있도록 도와주지 않았나 요?"

"미국은 일본이 우리나라를 침략하는 것을 알고도 모른 척하기 로 일본과 약속한 적이 있단다. 그것도 몰래. 대신에 일본은 미국 이 필리핀을 점령하는 것을 모른 척하기로 했고."

"네에? 그럼 미국이 예전에는 우리의 친구가 아니었나요?"

"국제 관계에는 영원한 친구도 없고 영원한 적도 없단다. 미국과 비밀 약속까지 했던 일본은 미국 하와이를 마구 공격했잖니? 그런 일본에 미국은 원자폭탄을 떨어뜨렸고. 친구였던 두 나라는 40년 도 못되어 서로 원수가 된 거야. 그런데 또 일본이 패망한 후 바로 두 나라는 아주 가까워졌단다. 네 눈에는 이상하게 보일지 모르겠지만 그게 나라와 나라 사이의 일이야."

"그럼 미국이 다시 우리의 적이 될 수도 있나요?"

"물론 그렇게 될 수도 있지. 하지만 적이 생기는 것을 피하고 친구를 많이 만들기 위해 외교를 하는 거야. 가까운 친구가 많으면 우리가 적으로부터 공격을 당할 때 도움을 받을 수도 있고……."

"아, 6·25전쟁 때 여러 나라가 군대를 보내서 우리를 도와줬지요. 그것도 할아버지가 열심히 했다는 외교 덕분인가요?"

월요일

"송이야, 케이크 먹을래? 엄마가 너 좋아하는 초코 케이크 만들었는데."

엄마는 학교에서 막 돌아온 송이를 식탁으로 불렀다. 엄마 목소리는 모처럼만에 솜사탕처럼 부드러웠다. 아빠랑 사이가 안 좋아지면서 엄마는 언제나 화가 나거나 슬픈 표정을 짓고 있었다. 송이가 뭘 물어봐도 대답을 하는 둥 마는 둥이었다. 엄마는 송이를 위해 아빠랑 싸운다면서 오히려 송이의 생활에는 관심을 두지 않았다. 저녁밥을 먹을 때도 아무 말 없이 젓가락으로 밥알을 콕콕 찌르다가 안방으로 들어가버렸다. 학교에서 학부모 모임 있을 때는 몸이 아프다며 못 간다고 했다. 전에는 학부모 모임이 엄마한테 가장 중요한 행사였는데…….

엄마가 이 세상에서 가장 가까운 사람이라고 생각했던 송이는 그 모든 변화가 섭섭했다. 엄마 얼굴을 보면 눈물이 날 것만 같았다. 한 달째 엄마에게 전하지 못한 학교 이야기, 친구들과의 이야기가 산더미처럼 쌓여 있다. 아예 그 얘기들을 하지 말까 생각하고 있었다.

그런데 엄마가 대화를 나누자며 송이를 불렀다. 송이는 모처럼 가슴 속에 담아두었던 얘기들을 낱낱이 꺼내놓을 참이었다.

"넌 엄마 편이지?"

엄마는 송이가 식탁 의자에 앉자마자 다짐부터 했다. 초코 케이크를 먹으려고 포크를 들었던 송이는 슬그머니 포크를 내려놓았다. 케이크가 갑자기 먹기 싫어졌다. 아직 아무 것도 먹지 않았는데 목에 뭔가 걸린 것 같았다.

"엄마, 오렌지 주스 있어요?"

송이는 의자에서 일어나 냉장고 쪽으로 가며 물었다. 그런데 엄마는 송이의 물음에는 대답도 없이 자신의 말만 계속 했다.

"너 미국에서 오랫동안 살고 싶다고 했잖아. 지금 한국에 가면 다시는 미국에 못 돌아와. 유학? 말이 쉽지. 유학을 올 수 있을지 못 올지 어떻게 알아. 아빠가 미국 회사에 다니면 미국에서 계속 살 수 있잖아. 그렇게 하자고 아빠한테 졸라. 네가 말하면 아빠가 들어줄 거야."

엄마는 송이를 설득하려고 대화를 하자고 한 것이었다. 송이는 오렌지 주스를 컵에 따라들고 다시 식탁으로 돌아왔다.

"아빠가 우리랑 안 산다고 하면 어떡해요?"

"그렇지 않아. 아빠는 네 말은 들어줄 거야. 아빠는 이 세상에서 너를 가장 사랑하잖아."

"근데 엄마는 아빠랑 싸울 때마다 아빠가 나를 생각하지 않는다고 했잖아요?"

"그냥 그건 엄마가 화나고 답답해서 한 말이야. 아빠가 너를 많이많이 사랑하는 거야 엄마도 잘 알지."

"엄마는요? 엄마는 이제 아빠를 사랑하지 않아요? 아빠랑 정말 이혼할 거예요?"

송이의 말을 들은 엄마는 깜짝 놀라며 송이 곁으로 다가 앉았다.

"그런 말이 어딨어? 누가 이혼한대? 엄마 아빠 이혼 안 해. 너도 친구들이랑 의견 차이가 생기면 싸우기도 하잖아. 그리고 얼마 안 가서 화해하잖아. 네가 아빠한테 얘기 잘 하면 전처럼 엄마 아빠 사이좋게 살 수 있어. 이혼 안 해. 걱정하지 마."

결국 책임은 송이에게로 돌아갔다. 가족이 다시 사이좋게 살려면 송이가 아빠를 설득해야 했다. 아빠에게 엄마 말대로 하자고 송이가 얘기해야 한다는 게 엄마의 주장이었다. 왜 엄마는 양보하지 않으면서 아빠를 설득하라고만 하는 걸까? 양보는 엄마의 몫이 아니라 아빠만의 일일까? 갈수록 송이의 머릿속은 복잡해지기만 했다.

"할아버지, 안에 계세요?"

"송이 왔니? 어서 들어와라."

"어? 항상 현관 바깥 흔들의자에 앉아 계시더니요?"

"응, 곧 비가 올 것 같구나. 오늘은 안에서 얘기를 나누자꾸나."

송이는 할아버지의 집안을 둘러봤다. 할아버지가 사는 집은 송이네 집보다 더 작아보였다. 송이와 할아버지가 함께 앉아 있는 자그마한 거실 옆에는 2층으로 올라가는 계단이 있고 그 밑에 작은 문이 하나 있었다.

"저 방에서 할아버지와 할머니가 주무시는 거예요?"

"저 방? 저 방은 창고란다. 오호라. 네가 집 구경을 하고 싶은 게로구나. 2층에 한 번 올라가서 휘 둘러보고 내려오렴."

송이는 조심조심 2층으로 올라갔다. 2층에는 송이 방보다 더 작은 방 두 개와 부엌이 있었다. 대통령이었던 할아버지가 사는 집이라 크고 멋진 방들이 있을 것이라 생각했던 송이는 조금 실망했다. 좁은 방들에는 작은 침대와 낡은 책상이 하나씩 놓여 있을 뿐이었다.

"할아버지, 집이 좁지 않으세요?"

"허허, 할애비 집이 너무 작아서 실망한 모양이로구나. 할머니하고 단둘이 사는데 큰 집이 무슨 필요 있겠니. 또 곧 한국으로 돌아갈 텐데, 뭘. 그래도 교민들이 가구며 주방 도구며 갖다 줘서 살림살이를 마련할 수 있었으니 고마울 뿐이지."

"할아버지, 식사는 어디서 하세요? 식탁이 없어요."

"식탁? 부엌 한쪽 벽에 기대놓은 알루미늄 식탁 못 봤니? 그게 접었다 폈다 할 수 있어서 자리도 차지하지 않고 편하단다. 그 식탁에 앉아 식사를 할 때마다 우리나라를 위해 기도도 하는 걸. 기도는 어디에서든 할 수 있으니 다행이지. 허허허."

　집 구경을 끝낸 송이는 거실 소파로 돌아와 앉았다.

"오늘 엄마랑 대화를 나눴어요."

"그래? 잘 했구나. 엄마가 뭐라고 하시든?"

"저보고 아빠를 설득하래요. 그래야 가족이 다시 전처럼 사이 좋게 살 수 있을 거예요."

"설득이라……. 송이야, 아빠 엄마가 이혼할 것은 걱정하지 않아도 될 것 같구나."

"어떻게요?"

"엄마가 아빠를 설득할 생각을 가지고 있으니 말이다. 사랑이 없다면 굳이 설득할 생각도 하지 않지. 설득은 어려운 일이지만 상대를 내 편으로 만들려면 설득을 포기하면 안돼. 내가 옳다고 확실하게 믿는 일을 많은 사람이 반대한다고 그냥 접어버리면 안되지. 그렇다고 억지로, 강제로 밀어붙여서도 안돼. 진정한 리더는 반대하는 사람들도 설득해서 내 뜻으로 함께 가도록 할 수 있어야 한단다."

"할아버지는 설득을 잘 하세요? 저는 자신이 없어요. 제가 어른들을 어떻게 설득해요?"

"남을 설득하려면 먼저 자기가 원하는 바가 뭔지를 확실하게 알아야 한단다. 그리고 자기 자신에 대한 믿음을 잃지 말아야 해. 그럼 자신감이 생기지. 할애비는 어땠냐고? 허허. 할애비의 일생은 전체가 설득의 세월이었지. 외교라는 게 결국은 다른 사람을, 혹은 다른 나라를 설득하는 일이거든. 더구나 나라를 새로 만드는 일은 그 자체가 설득의 연속이었단다."

할아버지의 나라 세운 이야기

"만세! 만세! 대한 독립 만세!"

1945년 8월 15일, 마침내 일본이 전쟁에서 패배했다. 일본이 연합군에 항복한다는 방송을 들은 사람들은 거리로 쏟아져 나와서 만세를 불렀다. 만세를 부르던 사람들은 서로 얼싸안고 춤도 추었다. 우리 민족이 36년 만에 드디어 나라를 되찾은 것이다.

미국에서 일하던 나도 당장이라도 해방된 조국으로 달려가고 싶었다. 하지만 그것도 쉽지 않았다. 미국 국무부는 내가 한국으로 가는 것을 방해했다. 소련과 함께 제2차 세계대전을 승리로 이끈 미국은 소련과 손잡고 한반도 문제를 해결하려 했다. 그래서 해방 전부터 소련을 비롯한 공산주의자들에 반대했던 내가 한국에 나타나는 것을 그들은 원치 않았다. 또 얼마동안 미국의 군사 정권이 남한의 정치를 대신하기로 했는데 미군은 그 이전까지 활동하던 정치 세력은 어느 것도 인정하지 않았다. 중국의 임시 정부를 이끌던 김구도 개인 자격으로 한국에 들어갔다.

그나마 내가 한국으로 돌아갈 수 있었던 것은 연합군 사령관 맥아더의 덕분이다. 그의 도움으로 미 군용기를 타고 간신히 한국에 들어간 건 해방으로부터 두 달이 지난 후였다. 33년만의 귀국이었다. 기다리고 또 기다리던 그 순간, 해방된 조국 땅을 밟아보는 그 감격이란 말로 다 표현할 수 없을 정도였다.

"…… 국민 여러분 저를 환영해주셔서 감사합니다. 저는 오늘 여러분께 '뭉치면 살고 흩어지면 죽는다'라는 말을 강조하고 싶습니다. 지금은 우리 민족 모두 힘을 한 데 모아 우리의 새 나라를 만들어가야 할 중요한 시기입니다. 여러분, 자신의 이익은 뒤로 미루고 나라를 위해 힘을 모아주십시오. 여러분, 우리 뭉치면 살고 흩어지면 죽습니다.……"

광화문 광장에는 5만 명이 넘는 사람이 몰려나와 나를 환영해주었다. 나는 아직도 그때 그 환영하러 나온 사람들의 함성을 기억하고 있다. 그 함성은 나로 하여금 조국을 위해 어떤 희생이라도 아끼지 않겠다는 다짐을 하게 했다. 그 후 어떤 어려움을 만나더라도 나는 그 함성을 떠올렸다. 그리고 내 첫 기도를 떠올렸다.

"오 하느님, 나의 조국을 구원해주옵소서, 나의 영혼을 구원해주옵소서."

"

지금은 우리 민족 모두 힘을 한 데 모아
우리의 새 나라를 만들어가야 할
중요한 시기입니다.
국민 여러분,
자신의 이익은 뒤로 미루고
나라를 위해 힘을 모아주십시오.
우리 뭉치면 살고 흩어지면 죽습니다.

"

그런데 해방이 된 지 한 달도 못되어 우리 민족에게 커다란 비극이 닥쳤다. 8월 27일에 북한 전 지역을 점령한 소련군이 38선에 철조망을 쳐서 남북의 허리를 끊어놓은 것이다.

"이 박사님, 이 일을 어찌 합니까? 소련 놈들이 남북을 잇는 철도와 도로를 모두 막고 통신까지 끊었습니다. 미국은 38선을 단순한 경계선으로 제안한 건데 소련이 철조망을 쳐버렸군요. 일본이 물러가서 겨우 나라를 되찾았는데 그 나라가 두 동강이 나버리다니요. 어떻게 이런 일이 일어날 수 있습니까?"

"진작 소련 놈들을 조심했어야 했는데. 소련 놈들 경계해야 한다고 내가 그렇게 귀에 못이 박이도록 미국 사람들한테 얘기했건만. 미국 사람들 내 말은 귓등에서 흘려버리더니 이게 무슨 꼴이랍니까? 아, 이 일을 어찌 해야 할지⋯⋯."

미군은 아직 남한에 들어오지도 않았는데 소련군은 재빨리 북한에 공산주의 정부를 세우기 시작했다. 소련은 김일성이라는 사람을 내세워 조선공산당을 만들었다. 그때 소련군과 김일성도 '민주화'를 내세웠다.

"당장 한국 전체를 민주화하기 어려우니 북한을 먼저 민주화합시다. 북한을 기지로 삼아 남한까지 민주화하면 됩니다."

이렇게 공산주의자들이 내세운 '민주화'는 지금 우리가 알고 있는 자유민주주의와는 완전히 다른 것이다. 그것은 인민민주주의를 거쳐 공산주의로 나아가는 혁명 과정을 말하는 것이다. 북한에서는 공산주의자들이 정부를 세우고 있었는데 남한에서는 다시 그들과 협상하여 통일이 될 것만 기대하고 있었다. 하지만 내 생각은 달랐다.

'저 공산주의자들은 한반도를 공산 국가로 만드는 것을 절대 포기하지 않을 것이다. 남한에만이라도 자유민주주의 국가를 세운 다음, 장차 북한을 공산주의 체제로부터 해방시켜야 한다.'

나는 절대로 공산주의자들을 믿지 않는다. 그들과 손을 잡는다는 것은 우리나라를 공산주의 나라로 만든다는 것을 의미했다. 하지만 내 나라를 그렇게 내버려둘 수는 없었다. 일본의 식민지로부터 어떻게 해방이 되었는데 우리 민족이 다시 공산주의의 노예가 되는 것을 보고만 있을 수는 없었다. 무슨 일이 있어도 대한민국은 인간의 자유를 가장 중요하게 여기는 자유민주주의 국가로 만들어야 했다.

그런데 그때 남한의 정치 지도자들은 그 누구도 남한만이라도 자유민주주의 정부를 만들자는 말을 하지 못했다. 누구든 그런 말을 했다가는 민족을 둘로 나눠버리려는 반역자로 몰릴 분위기였다. 하지만 나는 더 이상 눈치만 보고 있을 수 없었다. 그대로 두었다가는 북한을 차지한 공산주의자들에게 남한마저도 내줘야 하는 상황이 닥칠 것이었기 때문이다.

1946년 6월 3일 나는 전북 정읍에서 중대한 결정을 발표했다.

"…… 통일 정부를 고대하지만 뜻대로 되지 않습니다. 그러니 우리는 남한만이라도 임시 정부 혹은 위원회 같은 것을 조직하여 38 이북에서 소련을 무찌르도록 세계 공론에 호소하여야 할 것이니 여러분도 결심하여야 할 것입니다."

여기서 '남한만의 임시 정부 혹은 위원회'는 북한에서 이미 활동을 시작한 인민위원회에 대응하기 위한 것이었다. 남북한 전체가 공산 국가가 되는 것을 막기 위해 당연히 취할 수밖에 없는 선택이었다.

"남북이 통일될 때까지 남한에 임시 정부를 세워서 유엔에 가입시키고 그 임시 정부로 하여금 직접 미국과 소련을 상대로 협상하게 해야 합니다."

이게 나의 주장이었다. 많은 미국 사람이 호응했지만 미국 정부의 책임자는 나를 만나주지도 않았다. 여전히 소련과의 협상에 기대를 걸고 있었던 것이다. 미국과 소련은 남북한을 다스리는 것과 통일 정부 만드는 것 등을 협의하려고 두 차례나 회의를 열려고 했다. 하지만 의견이 맞지 않아 미소공동위원회는 실패로 돌아가고 말았다.

미군정은 공산주의자들과 대화할 수 없다는 것을 확인했으면서도 나에게 그들과 손을 잡고 나라를 세우라고 요구했다. 나는 미군정과 대화해서 될 일이 아니라고 생각했다. 군인들이 아닌 미국

"

남북이 통일될 때까지

남한에 임시 정부를 세워서

유엔에 가입시키고

그 임시 정부로 하여금 직접

미국과 소련을 상대로

협상하게 해야 합니다.

"

정부 책임자를 직접 만나기 위해 미국 워싱턴으로 떠났다.

"한반도에 정부를 세우는 것을 미국과 소련의 공동위원회가 해서는 안됩니다. 이 일은 유엔에 맡겨야 합니다. 우선 남한에 정부를 세우고 때를 기다려 남북한 총선거를 통해 통일 정부를 세워야 합니다."

그런데 미국 정부는 나의 이런 주장을 무시했다. 미 국무부는 나를 위험 인물로 여기고 아예 면담을 거절하기도 했다. 하지만 나는 포기하지 않았다. 독립 운동을 도와줬던 미국 친구들에게 다시 한 번 힘이 되어줄 것을 부탁했고 그들은 기꺼이 나를 도와줬다. 이런 노력들은 절대로 헛되지 않았다. 미국이 소련에 대한 생각을 바꾸기 시작했다. 소련이 동유럽 나라들을 모두 공산주의 국가로 만드는 것을 보고 소련이 얼마나 위험한 나라인지 알게 된 것이다.

결국 미국은 소련과의 대화를 포기했다.

"미국이 우리나라 문제를 유엔 총회에 넘겼습니다. 이제 우리나라 문제는 미국과 소련이 아니라 유엔에서 다뤄지겠군요. 다행입니다. 소련의 입김을 조금은 막을 수 있어서 정말 다행입니다."

"그다지 다행한 일도 아닌 것 같습니다. 소련은 유엔의 안전보장이사회 상임이사국 아닙니까? 소련이 반대하면 다른 나라들이 찬성해도 소용없지요."

"그건 안전보장이사회의 일이고요. 우리나라 문제는 총회에서 다루니 다수결로 결정될 겁니다. 아무튼 총회까지 무사히 가도록 기도해야지요."

물론 소련과 공산주의자들은 한국 문제가 유엔으로 가는 것을 막으려고 안간힘을 썼다. 하지만 유엔 총회에서 한국 문제가 결의되는 것을 끝내 막을 수는 없었다.

"남북한 전 지역에서 유엔 감시 아래 인구 비례에 의한 자유 선거로 국회를 구성하고 그 국회가 남북에 걸친 통일 정부를 수립한다."

유엔 총회에서는 이렇게 결정하고 위원단을 우리나라에 보냈다. 우리 국민이 선거를 공정하게 치르는 것을 돕기 위해서였다. 서울에서는 20만 명이 넘는 많은 사람이 모여 위원단을 환영하는 행사를 열었다. 그만큼 우리 국민은 남한에도 어서 빨리 정부가 세워지기를 희망하고 있었다.

하지만 유엔위원단은 북한에는 들어가지 못했다. 북한의 김일성과 소련이 거부했기 때문이다. 남북한에서 총선거를 치르면 이미 만들어놓았던 북한의 정부는 해체되어야 했다. 그런 상황을 북한과 소련이 받아들일 리 없었다.

미국은 유엔위원단이 활동할 수 있는 남한에서만이라도 선거를 실시하자고 주장했다.

"남한에서만이라도 선거를 실시해야 합니다. 어차피 남한 인구가 전체의 3분의 2를 차지하니 남한만으로도 한반도를 대표할 수 있습니다."

그러나 유엔위원단은 남한만의 총선거를 실시해야 할지 한동안 망설였다. 김구와 김규식 같은 영향력 있는 정치인들이 반대했기 때문이다. 또 유엔위원단 여덟 개 나라 중에는 소련과 가까운 나라가 더 많았다. 미국을 확실하게 지지하는 나라는 세 나라밖에 없었다. 남한만의 총선거 실시는 거의 불가능해 보였다. 하지만 나는 필사적으로 유엔위원단을 설득했다. 그 결과 유엔에서는 남한만이라도 총선거를 실시하라고 결의했다.

선거를 치르기 전에 국회의원 선거법이 만들어졌다.

"대한민국 국민으로서 만21세에 달한 자는 성별, 재산, 교육, 종교의 구별 없이 국회의원의 선거권이 있다."

선거법 제1조에 의해 우리 역사상 처음으로, '백성'이 아닌 '국민'은 법률에 따라 자유롭고 평등한 정치적 주체가 되었다. 또 우리 역사상 처음으로 민주적인 선거가 행해지게 되었다.

하지만 남한에 있던 공산주의 세력은 선거를 방해하기 시작했다.

"미군은 물러가라! 친일 반동분자들을 타도하자! 북한의 인민위원회에 정권을 넘겨라!"

그들은 경찰서를 습격하고 전화선을 끊고 기관차를 부수는 등 폭동을 일삼았다. 사회가 이렇게 어수선한 가운데서도 자유민주주의 정부를 만들겠다는 국민들의 의지는 사그라들지 않았다.

드디어 1948년 5월 10일 우리나라의 첫 국회의원을 뽑는 선거가 치러졌다. 우리 역사상 처음 치러보는 자유 선거였다. 만21세가 넘는 사람은 남녀를 가리지 않고 누구나 평등하게 한 표씩의 권리를 행사할 수 있었다. 유엔위원단이 감시하는 가운데, 세계의 수많은 눈이 지켜보는 가운데 5·10선거는 성공적으로 진행되었다. 선거할 수 있는 권리를 가진 사람은 대부분 투표에 적극적으로 참여했다. 유엔위원단의 자료에 따르면 투표율이 71.6%나 되었다. 선거 결과 198명의 국회의원이 당선되었다. 그 국회의원들이 헌법을 만들었고 그 헌법을 바탕으로 나는 대한민국의 초대 대통령이 되었다.

대통령 취임식이 열린 것은 1948년 7월 24일이었다. 비가 부슬부슬 내리던 그날, 나는 취임사에서 우리 국민이 모두 새로운 정신으로 새로운 길을 찾아나가자고 말했다.

"…… 여러분이 나에게 맡기는 직책은 누구나 한 사람의 힘으로 성공할 수 없는 것입니다. 이 중대한 책임을 내가 감히 부담할 때 내 능력이나 지혜를 믿고 나서는 것은 결코 아닙니다. 온 국민이 애국심을 가지고 마음과 힘을 합해야만 이 큰 일을 이룰 수 있을 것으로 믿습니다. …… 새 나라를 건설하는 데는 새로운 헌법과 새로운 정부가 다 필요하지만 새 백성이 아니고는 결코 될 수 없는 것입니다. 부패한 백성으로 신성한 국가를 이루지 못합니다. 날로 새로운 정신과 새로운 행동으로 옛날의 잘못된 습관을 버리고 새 길을 찾아서 힘차게 전진하여야 지난 40년 동안 잃어버린 세월을 다시 회복해서 세계 문명국에 경쟁할 것입니다. 그러니 나의 사랑하는 3천만 남녀는 이날부터 더욱 힘과 용기를 내서 날로 새로운 백성을 이룸으로써 새로운 국가를 튼튼한 기초 위에 세우기로 결심합시다.”

그리고 1948년 8월 15일 드디어 대한민국이 건국되었다. ‘국가’는 이름만 붙인다고 만들어지는 것이 아니다. 영토와 국민과 주권, 그리고 정부가 갖춰져야 비로소 국가가 되는 것이다. 상하이에 있던 임시 정부는 영토도, 국민도, 주권도 갖지 못한 정부였다. 단지 ‘임시’ 정부였을 뿐 국가라고는 할 수 없는 조직이었다. 우리 민족은 1948년 8월 15일에야 비로소 영토와 주권과 국민까지 갖춘 제대로 된 민주 국가를 세울 수 있었다.

“드디어 건국이다! 한민족이 세운 독립 국가 대한민국이 건국되었다! 대한민국 만세! 만세! 만세!”

일본으로부터의 해방은 우리 힘으로 이룬 것이 아니다. 하지만 건국은 우리 민족의 힘으로 스스로 일구어낸 엄청난 업적이다. 해방 3주년이 되는 날, 독립 국가 대한민국이 건국되었음을 세계 여러 나라에 알리며 나는 내가 건국 대통령이 되는 영광을 누리게 된 것에 대해 감사하고 또 감사했다.

하지만 대한민국의 건국을 끝내 받아들이지 않는 사람도 있었다. 그들은 폭동을 일으켜 수많은 죄 없는 사람을 죽거나 다치게 만들었다. 또 폭동을 일으킨 사람들을 잡으러 간 경찰이나 군인들

"

나의 사랑하는 3천만 남녀는
이날부터 더욱 힘과 용기를 내서
날로 새로운 백성을 이룸으로써
새로운 국가를
튼튼한 기초 위에 세우기로 결심합시다.

"

에 의해 무고한 양민이 죽임을 당하는 일도 일어났다. 수많은 사람이 희생되고 이래저래 분위기는 뒤숭숭했다. 또 대한민국이 유엔에서 승인받는 것을 막으려 한 사람들도 있었다. 그들은 대한민국 건국이 분단을 굳어지게 만든다고 생각했다.

하지만 유엔에 파견된 한국 대표들은 발이 닳도록 다른 나라 대표들을 찾아다니며 설득했다. 유엔 총회 마지막 날 마지막 시간인 1948년 12월 12일 일요일 오후 세 시에 회의가 소집되었다. 거기서 대한민국 문제를 투표로 결정하기로 했다.

"신생국 대한민국을 한반도의 유일한 합법 정부로 승인할 것인가 아닌가에 대한 투표 결과를 발표하겠습니다. 찬성 마흔일곱 표, 반대 여섯 표. 이로써 대한민국이 한반도에 하나밖에 없는 합법적인 정부임을 승인합니다."

아무 것도 없는 상태에서 국가라는 소중하고도 거대한 조직을 만드는 일은 물론 쉬운 일이 아니었다. 나라를 세우면서 나는, 나를 비판하는 사람들을 끝없이 설득해야 했다. 나를 비판하고 내 뜻에 반대하는 사람들은 주로 국회의원들이었다. 그들과 나는 정부를 어떤 형태로 만들 것인가에 대해서부터 갈등하기 시작했다.

'나라를 새로 세운 지금, 해결해야 할 일이 산처럼 쌓여 있다. 이런 상황을 헤쳐 나가려면 강력한 정치적 지도력이 필요하다. 그런데 국회가 중심이 되어 정치를 하면 정당끼리 서로 치열하게 싸우게 될 것이다. 그때 공산주의 세력이 국회에 들어올 위험도 있다. 그러니 새 정부에는 국회 중심의 내각 책임재보다 대통령 중심제가 알맞다.'

나는 국민의 손으로 뽑힌 대통령이 중심이 되어 정치를 해야 한다고 주장했다.

"대통령 중심제로 합시다. 대통령은 국민이 직접 선거로 뽑아야 합니다. 그래야 국민이 원하는 사람을 대통령으로 세울 수 있습니다. 한국 민주주의가 발전하려면 올바른 선거 문화부터 정착시켜야 합니다."

하지만 국회의원들의 생각은 나와 달랐다.

"대통령 직선제는 안됩니다. 지금 우리 국민의 수준으로는 대통령을 직접 뽑는 것은 무리입니다. 국회의원들이 대통령도 뽑고 국회의원 중심으로 정치를 해야 합니다."

"우리가 국권을 찾기 위해 40년 동안이나 싸워온 것은 국민에게 권리를 주자는 것이었지 정당에 주자는 것이 아니었습니다. 정당에 권리를 주면 정당끼리 싸우느라 나라를 이끌어 가기 어렵게 됩니다. 만일 내각 책임제로 헌법이 만들어진다면 나는 그런 헌법 아래서는 어떤 지위도 맡지 않고 민간에 남아 국민 운동이나 하겠습니다."

나는 헌법을 만드는 회의에 나아가 위원들을 설득했다. 위원들

전쟁 중에도 정치에 참여하고자 하는

우리 국민의 열렬한 소망은 식지 않았다.

국민의 대다수는

대통령을 자신의 손으로 뽑기 원했다.

그래서 나는 **대통령 직선제**로 바꾸기를 원했고

그런 나를 국민은 더욱 열정적으로 지지했다.

은 내 뜻을 받아들였다. 그때 대부분의 국회의원은 내가 반대하는 한 내각 책임제는 어려울 것이라 생각했다.

"그럼 대통령 중심제로 하되 국회에서 대통령을 뽑는 것으로 합시다."

건국 초기에는 국회가 대통령과 부통령을 뽑고 국무총리를 승인할 권리까지 가졌다. 그러다보니 대통령인 나와 생각이 다른 부통령, 생각이 다른 국무총리가 뽑히게 되었다. 나라를 새로 만들어 할 일이 산더미처럼 쌓였는데 배가 바다나 강이 아닌 산으로 올라갈 형편이었다.

어수선한 상황에서 4년이 흘렀다. 1952년에는 임기가 끝난 대통령을 다시 뽑는 선거가 있었다. 그 사이에 6·25전쟁이라는 엄청난 사건이 벌어졌고, 아직 전쟁이 끝나지 않았을 때였다. 전쟁 중에도 정치에 참여하고자 하는 우리 국민의 열렬한 소망은 식지 않았다. 국민의 대다수는 대통령을 자신들의 손으로 뽑기 원했다. 그래서 나는 대통령 직선제로 바꾸기를 원했고 그런 나를 국민들은 더욱 열정적으로 지지했다.

그해 여러 가지 힘든 과정을 거쳐 드디어 대통령 직선제로 헌법을 고칠 수 있었다. 덕분에 나는 우리 역사상 처음으로, 국민의 압도적인 지지를 얻어 대통령에 당선되는 영예를 얻을 수 있었다.

＊　＊　＊

"대통령을 국민이 직접 뽑는 것이 그렇게 좋은 건가요?"

송이의 질문에 할아버지는 빙긋 웃었다.

"네가 하고 싶은 일을 네 힘으로 직접 할 수 있다면 좋지 않겠니? 국민들은 자신들이 선거에 참여할 때 스스로 나라의 주인이 된 느낌을 강하게 가질 수 있단다. 더구나 대통령을 자신들의 손으로 뽑는 일이니 더욱 더 의미있지."

"할아버지 혼자 그런 법을 다 만든 거예요?"

"아니지. 그 모든 건 국민의 힘이란다. 국민이 올바른 선택을 한 거야. 그게 바로 투표의 결과로 나타난 거지."

"지금도 한국에서는 대통령을 국민들이 직접 뽑나요?"

송이는 괜한 말을 물어봤다고 이내 후회했다. 질문을 받자마자 할아버지의 얼굴빛이 어두워졌기 때문이다. 하지만 송이를 본 할아버지는 금세 쾌활한 목소리를 되찾았다.

"내가 물러난 후 다시 국회에서 대통령을 뽑는 걸로 법이 바뀌었다. 그런데 역시 대통령과 국무총리 사이에 뜻이 맞지 않아 많은 문제가 생겼지. 최근에 다시 새로운 정부가 들어섰는데, 대통령을 직접 뽑는 것으로 헌법을 바꾸었단다. 우리 국민은 국민이 대통령을 직접 뽑는 것이 얼마나 자랑스러운 일인지 알게 된 거지.

세월이 지나면서 여러 가지 상황을 경험하면 사람들은 많은 걸 깨닫게 된단다. 언젠가는 여자 대통령을 국민의 손으로 뽑는 날도 올 거다. 그때 송이 네가 우리나라 첫 여자 대통령이 된다면 이 할애비가 얼마나 좋을까? 저승에서라도 그 소식을 들으면 기뻐서 껄껄껄 웃을 게다."

화요일

뭉치면 살고
흩어지면 죽는다

우암 리승만박사 어록중에서

"송이야, 아빠 여기 있어."

학교 끝나고 스쿨버스를 기다리는 송이에게 아빠가 다가왔다.

"어? 아빠. 어떻게 아빠가 학교에⋯⋯?"

"송이랑 함께 집에 가고 싶어서 왔지."

"차는요?"

"아, 차는 안 가지고 왔어. 송이와 함께 좀더 오래 시간을 보내고 싶어서. 좀 걷다가 힘들면 버스를 타고 가자꾸나."

아빠가 송이를 데리러 학교에 온 것은 처음 있는 일이다. 학교에 오는 일은 언제나 엄마의 몫이었다. 사실 아빠의 박사 학위 논문이 통과되기 전까지는 아빠 얼굴도 보기 힘들었다. 학교에 다니던 아빠는 거의 매일 늦게 집으로 돌아왔다. 아니 어쩌다 일찍 들어오는 날도 저녁 식사가 끝나면 서재로 바로 들어가서 송이가 잠자리에 들 때까지 나오지 않았다. 아빠가 집에 있는 날엔 엄마는 언제나 입술에 손가락을 갖다 대며 말했다.

"아빠 공부하시니까 조용히 해야 해. 방해하면 안돼."

엄마는 아빠가 함께 놀아주지 않아도 섭섭해 하지 않았다. 어린 송이도 덩달아 아빠는 공부만 해야 하는 사람으로 여겼다. 송이가 아빠 얼굴을 볼 수 있을 때는 아침 학교 가기 전 식탁에 앉은 아빠의 볼에 입을 맞출 때뿐이었다. 입술에 닿는 아빠의 얼굴은 언제나 까칠까칠했다. 아빠의 얼굴은 웃고 있었지만 수염도 깎지 않은 부스스한 얼굴만큼이나 인사는 무성의했다. 볼에 입을 맞추면서도 송이는 아빠가 늘 낯설기만 했다.

"아빠가 널 얼마나 사랑하는지 너도 잘 알고 있지?"
"네? 아, 네."
스쿨버스 정류장을 떠나 10여 분을 아무 말도 없이 걷던 아빠가 송이에게 던진 첫 마디였다. 우선 아빠가 엄마 때문에 화난 것이 아니어서 다행이란 생각이 들었다. 하지만 뭐라고 대답해야 할지 생각은 나지 않았다.
"앞으로 네가 세상을 살다보면 요즘 집에서 일어나는 일보다 훨씬 힘들고 어려운 일을 많이 겪게 될 거야. 또 수많은 유혹에 시달리게 되겠지. 그때마다 너는 한 가지만 기억하면 돼. 아빠 엄마가 얼마나 널 사랑하는지. 그럼 어떤 시련이나 유혹도 다 이겨낼 힘이 생길 거야."
송이는 걸음을 멈추고 아빠를 올려다봤다. 이제껏 늘 궁금하게 여겼던 문제를 아빠에게 물어보기로 한 것이다.
"아빠 엄마는 저를 사랑한다면서 왜 두 분이 다투시는 건가요?

그건 제가 가장 싫어하는 일이잖아요. 저를 사랑하신다면 저를 위해서라도 두 분이 싸우지 말아야 하잖아요. 또 왜 만날 저 때문이라며 싸우시는 거지요?"

"그건 아빠가 이 일만은 양보할 수 없기 때문이란다. 엄마와 의견은 다르지만 아빠 생각이 정말 확실해서, 아빠 생각대로 하는 게 아빠에게도, 너에게도, 우리 가족 모두에게 더 좋은 일이라는 생각이 정말 확실해서 조금 무리가 따르더라도 아빠 의견으로 끌고 가고 싶은 거야."

"무리가 따른다고요? 그럼 엄마가 이혼하자고 해도 아빠는 양보 안 할 거예요?"

"가끔은 절대로 양보할 수 없는 일이 있단다. 그런 경우에는 전쟁을 치르더라도 자신의 뜻대로 밀고나가야 해. 지금 겪고 있는 일이 아빠한테는 그만큼 중요한 일이란다. 다만 엄마랑 화해할 수 있도록 잘 얘기해야지. 엄마를 설득하는 데 네가 아빠한테 협조해주면 고맙고."

"협조요? 제가 어떻게요?"

"너는 어떻게 생각하니? 한국으로 가는 게 좋으니, 아니면 여기 남아서 살고 싶어?"

"아빠, 사실은요."

"사실 뭐?"

"사실 저는 여기 하와이에서 계속 살았으면 좋겠어요."

"그래? 왜 하와이가 좋아?"

"하와이에는 예쁜 게 많잖아요. 집들도 예쁘고 거리도 예쁘고 숲도 예쁘고. 아참, 냉장고도요."

"냉장고?"

"네, 여기서는 커다란 냉장고를 열면 울긋불긋 예쁜 포장에 담긴 음식이 가득한데 한국에서는 냉장고를 열면 시큼한 김치 냄새에 거무튀튀한 항아리만 들어 있잖아요. 냉장고도 작고요. 그것부터 차이가 나는 걸요."

"하하하, 그렇구나. 사실은 그런 것도 중요하지. 네 말도 맞다. 그럴 수도 있다는 생각이 든다. 하하하. 그러면 왜 처음부터 하와이에서 살고 싶다고 하지 않고 생각할 시간을 달라고 했니? 생각을 바꿀 가능성은 있는 거야?"

"그런데 냉장고보다는 아빠랑 함께 사는 게 더 중요하잖아요. 아빠가 엄마랑 잘 얘기해보면 안돼요? 저는 여기서 살고 싶지만 아빠가 원하시면 한국으로 가서 살아도 돼요. 아빠랑 엄마가 함께 산다면 어디서 살아도 상관없어요."

그새 송이의 눈에는 눈물이 그렁그렁 맺혔다. 송이는 아빠에게 부탁했는데 아빠는 오히려 송이에게 부탁을 했다.

"네가 엄마한테 양보하라고 얘기해주면 안되겠니? 엄마는 아빠 말보다 네 얘기를 더 잘 들어주잖니."

"엄마도 아빠랑 같은 얘기를 하신 걸요. 저보고 아빠를 설득해

보라고 하셨어요. 저는 어떻게 해야 하죠?"

　맺혀 있던 눈물 방울이 송이의 뺨 위로 또르르 굴러 내렸다. 아빠는 아무 말 없이 앞만 보고 걸었다. 송이가 우는 걸 아는지 모르는지 알 수 없었다.

　"할아버지한테도 절대 양보할 수 없는 일이 있었나요?"

　"절대 양보할 수 없는 일? 있었지. 갑자기 그건 왜 묻니?"

　"아빠는 이번 일이 절대 양보할 수 없는 일이래요."

　"그래? 그럴 수도 있지. 누구나에게 그런 일이 한두 가지씩은 있을 거야. 어떤 일이 있더라도 절대 양보할 수 없는 일이 할애비한테도 있었단다."

　"할아버지는 양보할 수 없는 게 뭐였어요?"

　"공산주의를 받아들이는 일. 할애비는 어떤 이유로도 공산주의를 절대 받아들일 수 없었단다."

　"할아버지는 왜 그렇게 공산주의를 싫어하세요?"

　"송이야, 너 혹시 공기가 고맙다는 생각을 한 적이 있니?"

　"공기요? 숨 쉬는 데 필요한 공기요?"

　"그래, 그 공기."

　"특별히 고맙다는 생각을 해본 적은 없는데요."

　"대부분의 사람이 다 그렇지. 하루하루 공기가 고맙다는 생각을 하면서 사는 사람은 없을 거다. 하지만 만일 공기가 없다면 우리는 단 몇 분도 견디지 못하고 죽어버릴 거야. 우리가 지금 누리고 있는 자유도 공기와 마찬가지란다. 우리는 그냥 당연한 것처럼 자유를 누리고 있지만 그 자유를 빼앗긴 사람들은 죽음과도 같은 고통을 당하게 되지. 이 지구 위에는 아직도 그런 사람이 많단다. 그 대표적인 사람들이 공산주의 국가의 국민들이야.

이 할애비는 일본으로부터 해방된 후 새롭게 세워지는 우리의 나라가 자유가 없고 국민이 인간다운 대접을 못 받는 나라가 되어서는 절대 안된다고 생각했다. 대한민국을, 자유를 마음껏 누릴 수 있는 나라, 인간의 권리를 보장받을 수 있는 나라로 만들려면 공산주의가 이 땅에 발붙이는 것을 절대 허락해서는 안된다고 생각했단다."

"공산주의를 받아들이자는 사람들한테 그런 얘기를 해주면 되잖아요. 공산주의 나라에서는 자유롭게 살 수 없다고요. 자유를 싫어하는 사람은 없을 테니까요."

"허허허. 그런데 그게 네 말처럼 쉽지가 않더구나. 공산주의자들은 설득이 안되거든. 그러니 공산주의가 우리나라에 들어오는 걸 막는 수밖에 없어. 그들을 막으려면 우리나라를 반공 국가로 만드는 수밖에 없었단다. 반공이란 공산주의에 반대한다는 것이지. 그런데 아무리 노력해도 공산주의의 뿌리를 완전히 뽑아버리기는 쉽지 않더구나."

"그렇게 공산주의가 좋은 사람들은 북한에 가서 살라고 하면 되잖아요? 어차피 북한은 공산주의자들이 다스리니까요."

"허허허. 그런 사람들의 목표는 북한뿐 아니라 남한까지도 공산주의 국가로 만드는 거란다. 그러니 북한으로 가라 해도 안 가지. 그들은 흔히 민족 통일을 앞에 내세우며 공산주의 국가로의 통일을 꿈꾸고 있단다."

"그렇게 통일을 이루고 싶다면 남한과 협조해서 자유민주주의로 통일하면 되는 것 아닌가요?"

"그렇게 되면 자기들이 차지하고 있던 많은 것을 잃어버린다고 생각하는 거지. 말로는 민족과 민중을 위한다고 하지만 사실은 자기가 가진 것을 지키기 위해, 아니 남보다 더 많이 가지기 위해 민족과 민중을 고통의 구렁텅이에 빠뜨리려는 것이 그들의 본 모습이란다."

할아버지의 반공 이야기

해방 전까지 나는 일본과 치열하게 싸웠다. 해방이 된 후 나의 투쟁 상대는 공산주의자들로 바뀌었다. 물론 해방 전에도 나는 소련의 위험성에 대해 끊임없이 경고했다. 그때는 소련의 공산주의가 그 정체를 본격적으로 드러내기 전이었다. 그래서 미국도 소련에 대해 별로 위험하게 생각하지 않은 것이다.

그런데 제2차 세계대전이 끝난 후에는 상황이 달라졌다. 소련이

전 세계를 공산주의 나라로 만들겠다는 욕심을 거침없이 드러냈기 때문이다. 또 북한 땅에서 소련이 내세운 공산주의자들이 어떤 일을 벌이고 있는지 눈에 훤히 보이는 상황이 되었다. 그런데도 여전히 공산주의의 환상에 빠져 있는 사람이 셀 수 없이 많았다.

그 사람 중에는 아예 남한을 공산주의 나라로 만들려고 갖은 애를 다 쓰는 사람도 있었다. 또 남한만의 대한민국을 인정하려들지 않는 사람도 있었다. 통일이 되어야만 제대로 된 나라로 인정하겠다는 주장이었다.

"남북한이 함께 총선거를 실시해야 한다. 남한만의 선거는 분단을 굳어지게 할 것이므로 절대 안 된다."

"통일이 없는 독립은 진정한 독립이 아니다."

이런 주장을 한 사람들도 대한민국에 대한 위협이 되기는 공산주의자나 마찬가지였다. 그들은 대한민국이라는 나라를 인정하지 않았기 때문이다.

나도 남한만의 나라를 만들고 싶었던 것은 아니다. 나라고 분단이 완전히 굳어지는 것을 원했을까? 그건 분명히 아니다. 나는 그 누구보다 우리나라가 통일되기를 진심으로 원하고 또 원했다.

하지만 북한은 선거를 도와줄 유엔위원단이 북한으로 들어가는 것조차 못 하게 막았다.

"남한만의 선거에는 절대 반대한다!"

"미국과 소련의 군대는 돌아가라!"

나도 남한만의 나라를 만들고 싶었던 것은 아니다.
나라고 **분단이 완전히 굳어지는** 것을 원했을까?
그건 분명히 아니다.
나는 그 누구보다
우리나라가 통일되기를
진심으로 원하고 또 원했다.

"남북한 지도자들이 모여 협상해야 한다!"

"소련이 반대하는 총선거는 절대 해서는 안된다!"

남한에 있던 공산주의자들도 유엔위원단의 활동을 막기 위해 폭동을 일으켰다. 전기를 보내주는 시설을 파괴하고 전깃줄을 잘라버려서 밤엔 암흑 천지가 되었다. 기관차를 부숴 열차 운행을 막았고 통신 시설을 마비시키기도 했다. 이런 사태가 2주간이나 계속되어 1백여 명이 죽고 8천여 명이 체포되었다.

이런 상황에서 어떻게 하는 것이 옳았을까? 나라를 세우지 말고 북한이 생각을 돌리기만 기다리고 있어야 했을까? 아니면 북한이 원하는 대로 다 들어주고 통일을 했어야 했을까? 북한이 원하는 대로 했다면 아마 지금 우리는 공산주의 국가에서 숨조차 제대로 못 쉬는 삶을 살아야 했을 것이다. 그런 나라를 만들기 위해 조상들이 그렇게 힘들게 독립 운동을 한 건 아니었을 것이다.

1946년 3월 북한은 토지 개혁을 실시했다.

"5정보(49,587㎡) 이상의 모든 땅은 지주에게서 무상 몰수하여 농민에게 무상 분배한다."

북한은 개인의 땅을 보상 없이 빼앗아(무상 몰수) 농민에게 돈을 받지 않고 나눠주었다(무상 분배). 얼핏 보면 농민들에게 정말 잘 된 일 같았다. 하지만 북한 정부가 농민들에게 준 것은 땅의 주인이 된 권리가 아니었다. 다만 그 땅에서 농사지을 수 있는 권리만 주었을 뿐이다.

더구나 땅 주인의 입장을 생각해보자. 멀쩡한 땅을 보상 한 푼 못 받고 나라에 빼앗기는 땅 주인의 입장과 심정을……. 나라가 그렇게 국민의 재산을 멋대로 빼앗아도 되는가? 당연히 그런 일은 절대 있어서는 안 된다. 그런데 공산주의자들은 무자비하게 국민의 재산을 빼앗아버렸다.

처음에 농민들은 땅을 거저 받는 줄 알고 좋아했다. 하지만 그들도 얼마 지나지 않아 받았던 땅을 다시 빼앗기는 엄청난 비극을 겪게 되었다. 그게 공산주의의 참 모습이다. 땅 주인이든 농민이든 재산을 빼앗기지 않은 사람은 없다. 공산주의 사회에서는 개인의 재산이 인정되지 않기 때문이다. 개인의 재산도 인정하지 않는 나라에서 개인의 자유가 인정될 리 없다. 그 사건만 봐도 공산 국가는 자유와 인권이 보장되지 않는 사회라는 걸 알 수 있다.

물론 남한에서도 농지 개혁을 했다. 해방이 되었을 때 우리 농민 대부분은 자신의 토지를 갖지 못한 사람들(소작인)이었다. 땅이 없는 농민들은 땅 주인에게 비싼 대가를 내면서 농사를 지을 수밖에 없었다. 그러니 농사지을 땅을 농민에게 나누어주어야 한다는 데 반대하는 사람은 없었다.

남한의 농지 개혁은 북한처럼 땅 주인에게서 땅을 마구 빼앗는 것(무상 몰수)이 아니었다. 물론 농민들에게 거저 나눠주는 것(무상 분배)도 아니었다. 땅 주인에게서 싸게 사들여서 농민들에게 싼

값에 파는 형식이었다. 땅 주인이 손해 본다는 생각을 갖지 않도록 다른 혜택을 주기도 했다. 예를 들면 국가 경제 발전을 위해 유익한 사업을 할 때 우선으로 참여할 수 있게 해준 것이다.

농민들이 받은 것은 북한처럼 농사만 지을 수 있는 권리가 아니었다. 자기가 농사짓는 땅이 완전히 농민 자신의 땅이 되었다. 또 농민들이 갚아야 했던 땅값은 매우 싼 것이었다. 큰돈이 없는 농민들은 땅값을 여러 해에 걸쳐 나눠 낼 수도 있었다.

"모처럼 차지한 내 땅을 다시 공산주의자들에게 빼앗길 수 없다."

자신의 땅을 갖게 된 농민들은 6·25전쟁 때 자기 땅을 지키기 위해서 적극적으로 전쟁에 나섰다. 그들의 힘이 나라를 지키는 데 큰 도움이 되었다.

농지 개혁의 결과는 농업 이외의 분야에도 영향을 끼쳤다. 우선 농촌 사회에서 땅 주인과 소작인으로 나뉘었던 계층이 사라졌다. 모두 마을 주민이라는 이름으로 평등하게 되었다. 농민의 자녀들은 교육을 받아 예전의 땅 주인보다 더 잘 살 수 있게 되었다. 농지 개혁이 남한 사회를 크게 변화시킨 것이다.

건국을 위해 남한에서 선거를 치르고 있을 때 북한은, 남북한 지도자들이 모여서 회의를 하자고 했다.

"남북한의 모든 정당과 사회단체 대표들이 모이는 남북 협상을 평양에서 개최할 것을 제의합니다. 김구 선생과 김규식 선생께서도 이 회의에 참석해주기 바랍니다."

평양에서의 회의는 여드레 동안 열렸다. 이 회의에는 7백 명에 가까운 남북한 대표가 참가했다. 나와 함께 독립을 위해 일하던 김구와 김규식도 평양으로 떠났다.

"통일 정부 세우는 것을 두려워하는 것은 박테리아가 태양을 싫어하는 것이나 다름없다. 나는 통일된 조국을 건설하려다 38선을 베고 쓰러질지언정 내 한 몸 편하기 위해 단독 정부 세우는 것에는 협조하지 않겠다."

김구는 이런 말을 남기고 평양으로 갔다. 나는 물론 평양에 가지 않았다. 가봤자 그들에게 이용만 당할 것이 뻔했다.

"평양에는 무엇 하러 가나? 가려면 모스크바로 가야지. 김일성을 백 날 만나봤자 무슨 소용 있나? 그는 앞잡이에 불과한데. 소련의 스탈린을 만나 직접 담판이라도 한다면 모를까."

나는 북한 공산주의자들은 협상 대상이 아니라고 생각했다. 김일성은 더구나 협상 대상이 될 수 없었다. 그는 단지 소련에 의해 만들어진 꼭두각시였을 뿐이다.

회의 진행은 내 예상대로였다. 북한이 미리 준비한 각본에 따라 진행된 것이다. 남한 대표들은 회의에 제대로 참여할 수도 없었고 자유롭게 발언도 할 수 없었다. 군중 집회는 주로 미군과 나에 대한 비난의 장이 되었다.

나는 북한 공산주의자들은
협상 대상이 아니라고 생각했다.
김일성은 더구나
협상 대상이 될 수 없었다.
그는 단지
소련에 의해 만들어진
꼭두각시였을 뿐이다.

"미 제국주의자들의 식민지 정책과 그와 한편이 된 민족 반역자와 친일파가 추진하는 남한 단독 선거를 못 하게 막자. 한국에서 외국 군대가 즉시 철수하도록 하고, 한국인 손으로 자주 독립 국가를 만들게 하자는 소련의 제안을 받아들이기 위해 강력히 투쟁하자."

"이승만은 민족 반역자니 당장 몰아내야 한다."

"미국은 가장 악질적인 우리의 적이다. 미군이 물러가야 우리 민족이 통일을 할 수 있다."

남북 협상에서는 남북 공동 성명서를 만들어 발표했다. 김구과 김규식은 이 성명서에 동의한다고 서명했다.

"소련의 제의에 따라 남북한의 군대를 즉시 철수한다. 남북 협상에 참가했던 정당과 사회단체들이 민주적 임시 정부를 구성한다. 이 정부는 직접·보통·비밀 선거를 실시하여 입법 기관(국회)의 의원을 뽑는다. 이 입법 기관에서 헌법을 제정하고 통일적 민주 정부를 세운다. 남한만의 단독 선거는 실시되더라도 결코 이를 인정하지 않는다."

분단을 막아보겠다는 생각으로 남북 협상에 참여했던 남한의 대표들은 아무것도 얻어오지 못했다. 다만 소련과 북한의 입장만 선전해주는 꼴이 되었다. 그렇지만 서울에 돌아온 김구와 김규식은 평양 회의가 성공적이었던 것처럼 발표했다.

"회의는 무척 성공적이었습니다. 우리 민족이 사상을 넘어서서 단결할 수 있음을 보여준 회의였습니다. 아울러 북한은 앞으로 남한에 전기도 계속 보내주고 남한으로 쳐들어오지 않을 것을 약속했습니다."

해방 때까지 남한에서 사용하는 전기의 많은 양을 북한의 수풍발전소에서 보내주고 있었다. 그런데 북한은 38선을 막으면서 남한으로 보내는 전기도 끊었다. 남한의 시골에서는 등잔불 켜야 했고 서울도 밤 열두 시가 지나면 암흑 세계가 되었다. 전기를 다시 보내준다니 우선 다행이라 여겨졌다.

하지만 이 약속들은 곧 깨지고 말았다. 5·10선거가 끝난 후 5월 14일에 북한은 다시 전기를 끊었다. 전기를 다시 보내기 시작한 지 50일도 안돼서였다.

"북한이 다시 전기를 끊었답니다. 연백평야로 들어오는 물길도 끊었고요."

"그거 보십시오. 공산주의자들의 약속은 약속이 아닙니다. 사람을 속이는 기만 행위일 뿐이지요. 그러니 공산주의자들과는 절대 손잡고 일할 수 없는 겁니다."

북한이 우리를 가장 크게 속인 것은 남한으로 쳐들어오지 않겠다는 약속을 깨고 6·25전쟁을 일으킨 것이다. 애당초 그들에게는 남북 협상의 약속은 아무런 의미가 없는 것이었다. 단지 그들의 목적은, 남한의 영향력 있는 지도자들을 끌어들임으로써 남한에서 정부 세우는 것을 방해하려는 것뿐이었다.

1948년 8월 15일, 대한민국이 건국된 후까지도 그것을 무효로 하고 이미 세워진 대한민국을 없애자고 주장하는 사람들이 있었다. 아니, 그들은 아직도 우리 곁에서 대한민국을 뒤엎으려고 호시탐탐 노리고 있다. 그들은 주로 자신들이 민족주의자라고 말했다. 민족이 하나로 합해진다면 공산주의 국가가 되어도 상관없다는 말이었다.

하지만 나는 그렇게 생각하지 않는다. 나는 새로 세워지는 우리나라가 반드시 자유민주주의 국가여야 한다고 생각했다. 자유민주주의 사회의 가장 소중한 가치는 개인의 자유와 재산을 보호하는 것이다. 나는 정말 개인의 자유와 재산이 보호되는 아름다운 자유민주주의 국가를 우리 국민에게 선물하고 싶었다.

＊ ＊ ＊

"할아버지, 민족주의는 우리 민족끼리 잘 지내자는 생각이잖아요? 그게 왜 나쁜가요?"

"할애비는 민족주의가 나쁘다고 얘기한 게 아니다. 또 민족주의자가 다 나쁜 사람이라는 얘기도 아니다. 다만 대한민국을 망치려

나는
새로 세워지는 **우리나라**가
반드시 **자유민주주의 국가**여야 한다고 생각했다.
자유민주주의 사회의 가장 소중한 가치는
개인의 자유와 재산을 보호하는 것이다.
나는 정말 **아름다운 자유민주주의 국가를**
우리 국민에게 **선물**하고 싶었다.

는 사람들이 민족주의를 앞에 내세운다는 거지. 민족주의의 가면을 쓰면 그럴 듯해 보이지 않겠니? 아니, 진짜 민족주의자라 해도 민족을 어떤 방향으로 이끄는가가 문제가 될 수 있다. 이렇게 한번 생각해보자. 너는 어떤 일이 있더라도 가족이 함께 살아야 한다고 생각하고 있지? 하지만 가족이라는 이름으로 다 함께 옳지 않은 길로 가는 것이 과연 잘 하는 일일까?"

"그래도 저는 어떤 어려움이 있더라도 가족은 함께 살아야 한다고 생각해요."

가족 이야기가 나오자 송이의 목소리는 이내 울먹이는 소리로 바뀌었다. 울음 섞인 송이의 목소리를 들은 할아버지는 깜짝 놀라 울상이 된 송이의 얼굴을 보았다.

"아이쿠, 내가 말을 잘못했구나. 미안하다. 이를 어쩌지?"

"괜찮아요, 할아버지. 갑자기 눈물이 나네요. 요즘 가끔 괜히 눈물이 나요."

"송이야, 미안하다. 그런데 할애비가 너한테 부탁할 게 하나 있구나."

"그게 뭔데요?"

"네가 나중에 커서 어른이 되었을 때도 절대로 잊지 말아야 할 게 한 가지 있단다. 우리나라를 더 좋은 나라로 만들려고 애쓰는 사람들과 대한민국을 망가뜨리려는 사람들을 구별할 줄 알아야 한다는 거다."

"대한민국을 망가뜨리려는 사람들이 아직도 우리나라에 살고 있어요?"

"안타깝게도 그렇단다. 그런데 그들은 대부분 가면을 쓰고 있거든. 그들은 나라를 잘 살게 하기 위한 일이라며 사람들 앞에 서서 대한민국을 공격하곤 하지. 대한민국 정부를 공격하고, 대한민국 경찰을 공격하고, 대한민국의 질서를 공격한단다. 그들이 말하는 것을 잘 들어보면 결국 대한민국을 인정하지 않는다는 것을 알 수 있다. 정신을 바짝 차리고 그런 사람들로부터 나라를 지켜야 해. 아니 최소한 네가 그런 사람들에게 휘둘리면 안 되지."

"할아버지, 어려워요."

송이는 인상을 찌푸렸다.

"하하하, 그래, 네겐 좀 어려운 얘기로구나. 그럼 할애비가 쉬운 얘기를 해주마."

"뭔데요?"

할아버지는 갑자기 팔을 들어 손가락 끝으로 울타리 끝을 가리켰다.

"공산주의는 저쪽 담 모퉁이 뒤에 숨어서 언제나 우리를 노리고 있단다. 공산주의를 몰아냈다고 생각했지만 그들은 완전히 물러난 게 아니란 얘기다. 모퉁이 뒤에 숨어 있다가 언제라도 우리가 방심하면 다시 우리에게 슬금슬금 다가오지. 그게 공산주의의 특성이란다. 그러니 공산주의를 다 몰아냈다고 마음을 놓으면 절대로 안

되겠지?"

"사람들의 자유를 빼앗는 공산주의를 왜 구별해내지 못해요? 저는 공산주의자가 다가와서 자기편이 되라고 속삭여도 안 넘어갈 자신 있는데요."

"아까도 얘기했지? 공산주의자들은 가면을 쓰고 우리에게 다가온다고. 그래서 처음에는 달콤하고 그럴듯한 말로 우리를 꼬인단다. 북한이 토지 개혁할 때를 보면 알 수 있잖니? 처음에는 농민들에게 토지를 공짜로 나눠준다고 해서 다들 만세를 불렀지. 공산주의 만세라고. 그런데 얼마 지나지 않아 그 토지를 공산주의 정부가 다 빼앗아 갔지. 그때는 후회해 봐도 늦은 때란다."

"할아버지, 우리가 공산주의자들에게 속지 않을 수 있는 좋은 방법이 있으면 가르쳐주세요."

"아주 쉬운 방법이 있단다. 자유민주주의 국가인 대한민국 정부의 말을 믿고 그에 잘 따르면 된단다. 공산주의자들은 나라에 불평 불만이 많은 사람들에게 먼저 다가가거든."

송이가 바라본 울타리 끝에는 빨간색 넝쿨장미가 담장 위로 흐드러지게 피어 있었다.

"정말 저렇게 예쁜 꽃 뒤에도 그 무서운 공산주의자가 숨을 수 있을까요?"

"색깔이 예쁜 버섯일수록 사람을 죽이는 치명적인 독을 가지고 있는 건 알고 있지? 예쁜 겉모습만 보고, 고운 목소리만 듣고 누군가를 판단해서는 안 된다. 그가 가지고 있는 본래의 성질이 무엇인지를 잘 생각해봐야 하지. 본질은 여간해서는 변하지 않는단다. 공산주의자들이 아무리 그럴 듯한 얘기를 해도 그들의 속셈은 변하지 않는다는 얘기다."

수요일

“송이야, 아빠 식사하시라고 해라.”

부엌 쪽에서 엄마 목소리가 들려왔다. 송이는 자기도 모르게 바로 옆에 앉아 있는 아빠의 얼굴을 봤다. 텔레비전을 보고 있던 아빠는 아무런 반응이 없다. 분명히 엄마의 목소리를 들었을 텐데 아빠는 못 들은 것처럼 대답도 안 한다.

“아빠……엄마가……식사하시라고…….”

그제야 아빠는 송이에게로 고개를 돌렸다.

“조금 있다가 먹는다고 얘기해라.”

송이네 집 거실에서 부엌까지의 거리는 10미터도 채 되지 않는다. 그런데 아빠는 엄마한테 직접 얘기하지 않는다. 아빠와 엄마가 싸울 때마다 생기는 일이다. 아빠가 송이에게 한 말을 엄마도 들었을 것이다. 하지만 송이가 엄마한테 아빠 말을 전해야 한다. 그게 아빠 엄마가 싸웠을 때 송이가 할 일이다. 송이는 그렇게 뻔히 들리는 말을 전하는 게 정말 싫다. 송이가 그런 일을 해야 할 때는 집 안 분위기가 정말 엉망일 때이기 때문이다.

송이는 소파에서 일어나 부엌으로 갔다.

"엄마, 아빤 조금 있다가 드신대요."

"그래? 어쩔 수 없지. 그럼 너랑 나랑 먼저 먹자."

엄마는 송이가 말하기 전에 이미 아빠의 대답을 알고 있었던 것 같다. 아빠의 밥은 아예 퍼놓지도 않았다. 그런데도 엄마는 항상 송이한테 전달하라고 시킨다. 그게 얼마나 불편한 일인지 아빠 엄마는 모르는 걸까?

밥 먹는 동안 엄마는 아무 말도 안 했다. 송이도 아무 말도 할 수 없었다. 아빠 엄마의 사이가 나빠지기 전에는 저녁 먹을 때마다 엄마랑 실컷 수다를 떨었다. 학교에서 수업 시간에 발표 잘 해서 칭찬 받은 일, 친구 때문에 억울하게 선생님에게 주의 받은 일, 집에 오다가 길거리에서 본 예쁜 강아지 얘기며 저녁 시간에는 할 얘기가 끝없이 쏟아졌다.

그런데 얼마 전부터 엄마는 식사 시간에도 아무 말도 없이 수저만 움직였다. 가끔 가시 발린 생선살을 송이 앞에 놓아주기도 했지만 그때도 아무 말이 없었다. 거실의 아빠도 아무 소리를 내지 않았다. 텔레비전 안의 사람들은 저희끼리 웃고 떠들고 있었다. 아빠는 재미있는 프로그램을 볼 때는 항상 따라 웃고 우리한테 함께 보자고 얘기해줬다. 그런데 오늘은 텔레비전 혼자 웃고 떠들고 있었다. 송이의 몸은 식탁 앞에 앉아 있었지만 귀는 온통 거실로 쏠려 있었다. 송이는 자기 몸과 영혼이 나뉘어버릴 것 같다고 생각했다.

송이가 밥을 반도 먹기 전에 엄마는 먼저 식사를 끝냈다. 엄마는 빈 그릇과 수저를 개수대에 치우고 밥솥에서 아빠의 밥을 퍼서 식탁에 가져다 놓았다. 그리고 엄마는 안방에 들어가 문을 닫았다.

안방 문이 닫히는 소리가 들리자마자 거실에 있던 아빠가 식탁으로 와서 앉았다. 마치 아빠와 엄마는 그렇게 하기로 서로 약속한 사람들 같았다.

"천천히 많이 먹어라. 맛있는 반찬이 많구나."

숟가락을 든 아빠가 말했다. "그런데 왜 함께 드시지 않았어요?"라고 묻고 싶었지만 묻지 않았다. 어차피 아빠는 대답을 하지 않고 딴 얘기를 할 것이기 때문이다. 아빠는 참 이상하다. 엄마랑 함께 밥 먹기 싫어하면서 왜 엄마가 차려주는 음식은 맛있다며 먹는 걸까? 생각해보니까 엄마도 참 이상하다. 아빠랑 말하기도 싫어하면서 밥은 왜 차려주는 것일까? 어른들은 모두 참 이상하다. 별 것도 아닌 일을 가지고 왜 원수처럼 싸우는 것일까?

"힘들지?"

아빠가 말했다. 이런 질문을 받으면 뭐라고 대답해야 하는 걸까? 힘들지 않다면 그건 거짓말이다. 그렇다고 힘들다고 대답할 수도 없다. 아빠가 속상해할 것이기 때문이다. 그런데 뭐라 대답할까 고민을 길게 할 필요가 없었다. 송이의 대답을 기다리지 않고 아빠가 답을 말했다.

"힘들 거야. 어린 네게 그런 큰 짐을 지워서 미안하구나. 하지만 이 일은 아빠가 엄마한테 양보할 수 없는 일이야. 그래서 여기까지 와버렸구나. 너도 이제 그 정도의 결정을 할 수 있을 만큼 컸으니 잘 생각해보고 현명한 결정을 내리도록 하렴."

아빠가 얘기한 '큰 짐'은 송이가 아빠와 엄마 중 누구의 의견에 따를 것인가를 결정하는 것이다. 그런데 쉽게 자신의 의견을 말할 수도 없는 일이다. 아빠나 엄마, 누구의 뜻을 따르느냐는 질문은 앞으로 누구와 살겠느냐는 질문이나 다름없다. 송이가 누구의 편을 들든 아빠 엄마는 서로의 뜻을 굽히지 않을 것이다.

아빠 엄마는 송이에게 시간을 준다고 한 후 예전보다 더 서먹서 먹해졌다. 아예 얼굴도 마주보지 않으려 했다. 꼭 해야 할 말이 있으면 송이를 거쳐 말했다. 어떻게 생각하면 그게 아빠 엄마가 큰 소리를 내며 말다툼하는 것보다 나은 것 같기도 하다. 하지만 금방이라도 터져버릴 것만 같은 우울한 분위기가 며칠째 계속되는 것을 송이는 견디기 어려웠다.

"할아버지, 아빠하고 엄마는 이제 서로 말도 안 해요. 중간에 있는 저한테만 말을 전하라 하고요. 짜증나서 못 견디겠어요."

"허허허, 네 부모님이 냉전 중인 모양이구나."

"냉전이요? 그게 뭔데요?"

"전쟁이 일어나면 폭탄을 쏘아대고 여기저기서 불도 나고 하지. 뜨거운 불길이 솟게 마련이야. 그런데 냉전은 말 그대로 차가운 전쟁을 말한단다. 불꽃은 일지 않지만 치열한 전쟁이 이뤄지고 있는 거지."

"불꽃은 엄마 아빠가 큰 소리를 내면서 싸우는 건가요?"

"그렇지."

"정말 요즘 저희 집에 불꽃 튀는 전쟁은 없지만 저는 계속 긴장돼요. 냉전도 진짜 전쟁만큼이나 위험한 것 같아요."

"아무렴, 냉전도 무척 위험하지. 지금 미국하고 소련이 냉전 중이잖니. 그 냉전 때문에 우리나라가 분단되었고 같은 민족끼리 끔찍한 전쟁도 치른 거다. 허허. 그렇다고 겁먹지 마라. 네 집에서 끔찍한 전쟁이 일어난다는 얘기는 아니니까."

"할아버지는 진짜 전쟁도 여러 번 겪으셨지요? 몇 번이나 겪으셨어요?"

"글쎄다. 몇 번이나 겪었을까? 한 번 따져서 세봐야겠구나. 송이넌 올해 몇 살이니?"

"열네 살이요."

"올해가 1963년이니 열네 살이면 1950년생이네. 네 어머니가 전쟁 중에 어린 너를 키우느라 고생깨나 했겠구나."

"저는 6·25전쟁 때 너무 어린 아기여서 무슨 일이 일어났는지 하나도 기억 안 나요."

"그렇겠지. 생각해보니 나는 전쟁을 참 여러 번 겪었구나. 남들은 한 번도 안 겪고 살 수 있는데 할애비 세대는 어쩌다 그렇게 많은 전쟁을 겪게 되었을까? 쯧쯧쯧……."

할아버지의 전쟁 이야기

나는 1875년에 태어나서 이제까지 살아오는 동안 큰 전쟁만도 정말 여러 차례 겪어야 했다. 물론 나만 그런 건 아니고, 이는 우리 세대에 살았던 모든 사람이 견뎌야 했던 슬픈 운명이었다. 우선 두 차례에 걸친 세계대전을 지켜봐야 했다. 세계대전이 멀리 유럽에서 벌어지는 전쟁이라고 해서 강 건너 불구경하듯 할 수 있었던 것은 아니다. 더욱이 제2차 세계대전은 전쟁을 일으킨 일본이 우리를 점령하고 있었기 때문에 우리 민족이 치른 전쟁이나 다름없었다.

내가 스무 살이 되던 1894년에는 중국과 일본이 우리 땅에서 싸우기도 했다. 그게 바로 청일전쟁이다. 우리 땅에서 전쟁이 벌어진 것도 무서운 일이었지만 그 전쟁이 우리나라를 누가 차지하느냐를 놓고 싸운 것이었기에 더욱 두려운 일이었다. 그뿐이 아니다. 1904년에는 일본과 러시아가 우리나라를 놓고 마지막 한판을 벌였다. 그때 우리나라는 우리 생각과는 아무 상관없이 내기에 걸린 물건처럼 이리저리 내던져지고 있었다.

내 평생 전쟁 아닌 전쟁도 수없이 겪었다. 청일전쟁이 일어난 다음해 일본 깡패들이 우리 왕비를 살해한 사건도 일어났다. 시퍼런 칼을 든 일본 깡패들이 우리의 수도 한복판을 휩쓴 것만으로도 참을 수 없이 두려운 일이었다. 그런데 우리 왕비를 죽이기까지 하다니. 그것도 가장 안전해야 할 깊은 궁궐 안에서……. 이 사건은 지금 생각해도 치가 떨리는 일이다. 이는 조선이 일본에 전쟁을 선포해야 할 만큼 위중한 사건이었다.

그런데 우리 조선 왕조는 어떻게 했는가? 그 깡패들의 처벌도 제대로 요구하지 못하고 왕은 남의 나라 공사관으로 도망가고 말았다. 그때 이미 조선은 망한 것이나 다름없었다. 내가 고종 황제가 물러나야 한다고 주장했던 것도 그의 이런 태도 때문이었다.

물론 실제로 나라를 빼앗긴 일도 전쟁과도 같은 사건이었다. 내가 살아 있는 동안 내 나라의 망국을 경험한다는 것이 얼마나 비참한 일인지 겪어보지 않은 사람은 알지 못한다. 또 망해버린 나라의 국민으로 살아간다는 것이 얼마나 부끄러운 일인지 당해보지 않은 사람은 모른다. 그런 일들을 겪었기에 나는 이를 악물고 우리의 독립을 위해 싸우고 또 싸운 것이다.

해방이 되어 일본 사람들이 물러났다고 전쟁이 끝난 것은 아니었다. 해방 후의 전쟁은 공산주의자들로부터 나라를 지키기 위한 전쟁이었다. 그런데 정말 슬픈 일은 이때부터의 전쟁은 우리 민족끼리의 싸움이었다는 사실이다. 물론 그 중 가장 참혹한 것은

해방 후의 전쟁은
공산주의자들로부터
나라를 지키기 위한 전쟁이었다.
그런데 정말 슬픈 일은
이때부터의 전쟁은
우리 민족끼리의 싸움이었다는 사실이다.
물론 그 중 가장 참혹한 것은
6·25전쟁이었다.

6·25전쟁이었다.

어떻게 우리 민족에게 그런 일이 생길 수 있었을까? 지금 다시 생각해도 가슴이 아프고 눈물이 나서 견딜 수가 없다.

6·25전쟁 전에도 나는 북한이 쳐들어올까 항상 불안했다. 전쟁이 일어나기 1년 전 미군은 자기네 나라로 완전히 돌아가버렸다. 그래서 나는 필리핀, 자유중국(타이완) 등과 함께 태평양 동맹을 만들자고 했다.

"우리 같이 작은 나라들은 혼자 힘으로는 적을 상대할 수 없으니 우리끼리 힘을 모아둡시다."

그런데 미국의 국무장관 애치슨이 이를 반대했다. 그는 소련과의 협조에 여전히 기대를 가지고 있었다. 게다가 1949년에는 중국의 국민당이 공산당과의 싸움에서 패배하여 중국 대륙 전체가 공산화하는 엄청난 일이 일어났다. 그렇게 한반도 주변에서 공산주의의 힘이 커지자 북한은 당장이라도 쳐내려올 것 같이 우리를 위협했다.

나는 미국 육군 장관이 한국에 왔을 때 군사 지원을 요청했다.

"우리 국군은 사흘 동안 쓸 탄약만을 가지고 있을 뿐이오. 해군 군함이나 전투기, 대포 같은 강한 무기를 지원해주시오."

"안됩니다."

"그럼 탱크라도 보내주시오."

"안됩니다. 그리고 한국은 대부분 산과 논으로 이루어진 지형이라 탱크가 있어도 써먹을 수도 없습니다."

6·25전쟁이 일어나던 해 1월, 북한이 남침할 생각을 확정지은 결정적 사건이 일어났다. 애치슨 장관이 중대 발표를 한 것이다.

"한국은 미국의 방위선 밖에 있다. 그러므로 소련과 북한의 공격을 받아도 미국은 돕지 않을 것이다. 한국 스스로 나라를 지켜야 할 것이다."

나는 미국 대통령 트루먼에게 직접 편지를 썼다.

"한미 공동 방위 군사 협정이 필요합니다. 한국은 미국과 함께 군사 동맹을 맺고 공산주의자들의 침략을 막고자 합니다."

트루먼은 내가 써 보낸 편지를 검토해보라고 군인들에게 주었다. 그런데 그들은 잘못된 판단을 트루먼에게 보고했다.

"조사 결과 앞으로 최소한 5년 동안은 전쟁이 일어나지 않을 것입니다."

이때가 1950년 6월 1일이었다. 그런데 5년은커녕 한 달도 못되어 전쟁이 일어난 것이다.

"대통령 각하, 큰일 났습니다. 북한군이 38선을 넘어 쳐들어왔답니다. 아홉 시에 개성을 빼앗겼고 지금은 북한군 탱크가 춘천 근처까지 내려왔답니다."

"뭐라고요? 아니, 언제 38선을 넘었기에 벌써 춘천까지 내려왔답니까? 적이 춘천까지 내려올 동안 우리 국군은 뭘 하고 있었답니까?"

"처음 38선을 넘은 건 오늘 새벽 네 시랍니다."

"한 시간 전에 개성을 빼앗겼다면서 나한테는 왜 이제야 말하는 겁니까?"

"그놈들 이제까지 만날 쳐들어온다고 했지 않습니까? 이번에도 장난 치고 말겠지 생각했답니다. 각하, 크게 걱정하실 것 없습니다. 국군이 곧 반격해서 저 놈들을 38선 위로 쫓아버릴 것입니다."

국방부 장관과 국무총리를 함께 맡고 있던 신성모 장관은 나를 위로했다. 그러나 나는 신 장관을 무섭게 노려봤다.

"장난이요? 신 장관, 그게 말이 되는 얘기요? 어떻게 전쟁이 애들 장난으로 여겨진단 말입니까? 저놈들이 이렇게 밀고 내려올 때까지 우리 군은 정보도 입수하지 못했단 말입니까? 국방 장관은 대체 뭘 하고 있었단 말이오?"

실제로 북한은 5월 29일에 이미 남한에 쳐들어올 계획을 다 끝내놓았다. 재빨리 공격하여 미군이 한반도에 다시 들어오기 전에 전쟁을 끝낸다는 계획이었다. 그들의 목표는 8월 15일 서울에 통일 인민 정부를 세우는 것이었다. 그러기 위해 전쟁을 시작한 지 열흘 안에 남해안까지 점령할 계획을 세웠다. 그런 계획에 맞춰 인민군 각 부대에도 명령을 내렸다.

"이 전쟁은 겨울이 오기 전에 끝날 것이오. 그러니 병사들에게 옷차림을 가볍게 하도록 지시하시오."

북한 정권은, 서울 점령은 이틀만에도 가능하고 서울만 점령하면 남한 각 지역에서 20만 명이나 되는 공산당원들이 힘을 합해 전쟁을 곧 승리로 이끌 수 있다고 본 것이다.

밤이 되었어도 나는 잠을 이룰 수 없었다. 공산군을 물리쳤다는 얘기는 어디서도 들리지 않았다.

"도쿄에 있는 맥아더 미군 사령관한테 전화를 연결하세요."

"각하, 지금은 새벽 세 시입니다. 밤이 너무 깊었습니다. 내일 아침 날이 밝은 다음에……."

"지금 정신이 있는 겁니까? 북한 놈들이 쳐들어왔는데 내일까지 기다리라고요? 당장 연결해요."

나는 불같이 화를 냈다. 비서관은 어쩔 수 없이 일본으로 전화를 연결했다.

"각하, 맥아더의 부관이 전화를 받았는데 한밤중이라 그를 깨울 수 없다고 합니다."

"뭐라고요? 전화 내게 줘 봐요."

나는 화가 나서 견딜 수가 없었다. 전화 수화기를 빼앗아 나도 모르게 버럭 고함을 질렀다.

"이봐요. 한국에 한국인만 삽니까? 한국에 있는 미국 시민이 한 사람씩 죽어갈 테니 장군은 잘 재우시오."

이 말에 아내 프란체스카가 깜짝 놀라 수화기를 빼앗으려 했다. 나는 온몸이 부들부들 떨렸다. 프란체스카도 떨고 있었다.

"여보, 우리 국민이 맨손으로 죽어가는데 사령관을 안 깨운다오. 그게 말이 되는 소리요?"

그때 수화기 너머에서 부관의 목소리가 다급하게 들려왔다.

"각하, 잠깐만 기다려주십시오. 장군을 깨우겠습니다."

내 고함 소리에 그도 사태가 얼마나 급박한지 비로소 알게 된 것이다. 잠에서 깬 맥아더가 전화를 받자마자 나는 숨이 넘어갈 듯 소리쳤다.

"장군, 내가 뭐랬소. 공산주의자들에 대해 내가 여러 차례 경고하지 않았소. 왜 내 말을 무시하고 일을 이 지경으로 만들었단 말이오. 어서 우리나라를 구하러 오시오."

6월 26일 아침이 밝았다. 하지만 나는 한 자리에 앉아 있을 수도 없었다. 전쟁이 벌어지는 일선 소식은 계속 들어왔지만 공산군을 막았다는 보고는 하나도 없었다. 적의 탱크에 국군이 속절없이 밀리고 있다는 얘기뿐이었다.

하루 종일 국군의 방어선이 뚫렸다는 얘기만 무성한 채 다시 밤이 되었다. 불안해 잠도 못 이루고 있을 때 신성모 국방부 장관과 이기붕 서울시장이 느닷없이 찾아왔다. 새벽 두 시였다.

"각하, 서울을 떠나셔야겠습니다."

"뭐라고? 당신들 뭐 하는 사람들이오. 내게 해줄 말이 그것밖에 없어? 죽을 때까지 서울을 지켜야지 내가 왜 떠나. 나는 떠날 수 없어요."

나는 문을 쾅 닫고 침실로 들어가버렸다. 프란체스카가 따라 들어왔다.

"여보, 그러지 말고 저 사람들 말 들으세요. 서울을 잠깐 떠나는 게 좋겠어요."

"뭐야? 누가 당신한테 그런 말을 하던가? 신 장관이야, 이 시장이야? 난 절대 안 떠나!"

나는 또 큰 소리를 질렀다. 내가 고함치자 프란체스카는 더 이상 아무 말도 못하고 울상을 짓고 있었다.

"어쩌다 우리나라가 이런 지경에 이르렀나? 대통령인 내가 적이 있는 곳에 국민을 버려두고 혼자서 몸을 피하다니 말도 안 되는 얘기야. 암, 말도 안 되지."

나는 서울 떠나지 않겠다고 고집했지만 참모들은 침실까지 따라 들어와 나를 설득했다.

"각하, 적의 탱크가 이미 서울에 들어왔습니다. 각하가 서울에 계시면 저희가 제대로 싸울 수 없습니다. 각하가 서울을 비워주셔야 저희가 작전하기 훨씬 쉽습니다. 수원까지만 내려가 계십시오. 수원까지만. 곧 올라오실 수 있도록 저희가 최선을 다하겠습니다."

참모들의 간곡한 권유에 나는 서울을 떠나는 기차를 탈 수밖

나는 다시 **서울**로 올라가자고 주장했다.

아니 서울로 기관차를 돌리라고 비서관들에게 명령했다.

기차는 다시 대전으로 올라왔다.

하지만 **서울**로 돌아갈 수 없었다.

공산군이 이미 **서울**을 점령해버렸기 때문이다.

에 없었다. 수원까지만 갈 거니까, 곧 돌아올 것이니까 짐을 많이 쌀 필요도 없었다. 나와 프란체스카는 간단한 짐만 챙겼다. 서울역에서 기차를 탔다. 기차 유리창은 깨지고 의자도 고장 난 형편없는 기차였다. 하지만 그런 것을 따질 때가 아니었다. 우리나라가 바람 앞에 놓인 등불처럼 위험에 처했기 때문이다.

기차는 가다가 서고, 또 조금 가다가 서고를 되풀이했다. 전쟁이 터졌으니 기차 운행이 정상적으로 될 리 없었다. 얼마나 달려온 것일까? 새벽 네 시에 떠난 기차는 일곱 시간이 걸려서야 어느 역에 도착했다. 수원까지 갔다고 하기에는 너무 긴 시간이었다.

"각하, 도착했습니다. 이제 내리십시오."

"여기가 어딥니까? 수원 오는 데 그렇게 시간이 많이 걸린 겁니까?"

"각하……, 여긴 수원이 아니고 대구입니다. 미리 말씀드리지 않아서 죄송합니다."

"뭐요? 대구? 내가 대구까지 와버렸단 말이오?"

도착한 곳이 대구라는 것을 안 순간 내 눈에서는 뜨거운 눈물이 쉬지 않고 흘러내렸다.

"내가 판단을 잘못했구려. 여기까지 오는 게 아니었는데……. 애초에 기차에 타는 게 아니었어. 서울을 떠나지 말았어야 했는데……."

나는 다시 서울로 올라가자고 주장했다. 아니 서울로 기관차를 돌리라고 비서관들에게 명령했다. 기차는 다시 대전으로 올라왔다. 하지만 나는 서울로 돌아갈 수 없었다. 공산군이 이미 서울을 점령해버렸기 때문이다.

얼마 지나지 않아서 우리 정부는 다시 남쪽으로 내려가야 했다. 8월 초 국군과 유엔군이 낙동강까지 후퇴한 것이다. 우리는 더 이상 밀려서는 안되는 상태에 이르렀다. 낙동강 전선에 있는 대구가 뚫리면 부산도 위험했다. 부산을 빼앗긴다는 것은 대한민국이 저들에 의해 무너진다는 얘기였다. 우리는 정말 치열하게 낙동강을 지켰다. 덕분에 북한군은 낙동강을 끝내 건너지 못했다.

그나마 다행이었던 것은 미국이 우리를 도우러 군대를 보내겠다는 결정을 빨리했다는 것이다.

"무슨 수를 써서라도 그 나쁜 놈들을 막아야 합니다."

미국의 투르먼 대통령은 맥아더 장군에게 공산군이 쳐내려왔다는 전화를 받고 이렇게 소리쳤다고 한다. 그의 이 한 마디 덕분에 위기에 처했던 대한민국은 구원받을 수 있었다. 미군이 바로 우리를 돕기로 결정한 것이다. 또 미국은 한국 문제를 유엔으로 가져갔다.

"북한은 적대 행위를 즉각 중지하고 38선 북쪽으로 물러가시오."

북한은 유엔의 권고를 무시했다. 회원국들은 다시 모였다.

"세계 평화와 한반도의 자유를 보장하기 위해 우리 공동 행동을 합시다."

이 결의로, 유엔은 만들어진 이후 처음으로 국제적 연합군을 조직하게 되었다. 공동의 적을 무찌르기 위해 연합군을 우리나라에 보내겠다는 결정이었다. 그래서 열여섯 나라나 되는 유엔 회원국이 우리를 돕기 위해 군대를 보내왔다. 북한은 유엔의 승인을 받지 못한 정부였다. 그런 북한이, 유엔이 승인한 대한민국을 침략한 것은 유엔에 도전장을 낸 것으로 여겨졌다.

그렇다고 내가 미국이나 유엔의 도움만을 바라고 있었던 것은 아니다. 전쟁이 일어난 다급한 상황이었지만 우리는 주권을 가진 나라로서 품위를 지켜야 했다. 물론 나는 주권을 가진 나라 대한민국의 대통령으로서 당당하게 국가 수호의 의무를 다해야 했다. 그런 점들을 다 생각한 나의 머릿속에는 몇 가지 다짐이 굳게 자리 잡았다.

"우리나라에서 일어난 전쟁을 세계대전으로 번지게 해서는 안 된다. 이 전쟁을 승리로 이끌기 위해 우리 국민 모두 참여하는 총력전을 벌여야 한다. 위기도 잘 활용하면 커다란 기회가 된다. 북한이 불법적으로 침략해온 이 전쟁을 남북 통일의 기회로 삼을 것이다. 미국과 소련이 만든 38선은 북한이 먼저 침범했기 때문에 무효가 되었다. 이제 38선을 넘어 북쪽으로 치고 올라가 통일을 이루려면 미국과 유엔의 지원을 받아야 한다."

나는 공산군을 다시 38선 북쪽으로 쫓아 보내는 것에서 만족할 수 없었다. 힘센 나라들이 제멋대로 만들어놓은 38선은 이미 없어졌으니 우리 민족이 꿈에도 그리던 통일을 이루어야 했다. 우리 국민 모두 돌멩이나 몽둥이를 들고 나와서라도 싸우겠다는 의지를 갖고, 유엔군의 도움을 받으면 북한을 물리치고 통일을 이루는 것이 불가능한 일은 아니었다.

그러나 미국의 생각은 나와 달랐다.

"하루빨리 38선을 회복하시오."

그들은 전쟁 이전 상태로 돌려놓는 것을 목표로 삼고 있었다. 미국은 우리의 통일까지는 생각하지 않았다. 나는 미국 대통령 트루먼에게 쓰는 참전에 대한 감사 편지에 나의 뜻을 분명히 전했다.

"…… 북한 정권이 무력으로 38선을 침략한 이상 38선은 더 이상 남아 있을 이유가 완전히 없어졌습니다. 따라서 전쟁 이전으로 돌아간다는 것은 도저히 있을 수 없는 일입니다.……"

계속된 나의 주장에 트루먼 대통령도 생각을 바꾸기 시작했다. 미국은 '38도선 돌파 및 한국 통일'이라는 새로운 목표를 내놓았다. 나는 거기서 그치지 않았다. 기회가 있을 때마다 통일을 강조했다.

"우리 이제 38선을 넘어 압록강, 두만강까지 밀고 올라가 우리의 염원인 통일을 이뤄냅시다."

통일, 내 머릿속에는 온통 통일 생각뿐이었다.

"

북한 정권이 무력으로

38선을 침략한 이상

38선은 더 이상 남아 있을 이유가

완전히 없어졌습니다.

따라서 전쟁 이전으로 돌아간다는 것은

도저히 있을 수 없는 일입니다.

"

9월 15일 새벽, 인천상륙작전이 시작되었다. 유엔군의 구축함과 전투기가 인천 시내와 해안을 포격하는 가운데 미 해병대가 월미도에 상륙했다. 저항하는 북한군을 무찌르고 치열한 시가전을 벌인 끝에 연합군은 인천을 다시 찾을 수 있었다.

"내일 9월 29일, 서울에서 뵙고자 합니다. 낮 열두 시를 기해 귀국의 수도 서울을 귀하 및 귀하의 정부에 인도하겠습니다. - 연합군 사령관 더글라스 맥아더"

맥아더의 편지를 받은 나는 눈시울이 뜨거워지고 목이 메어오는 것을 느꼈다.

'드디어 다시 서울로 돌아가는구나. 이게 꿈이 아니길……'

맥아더가 부산으로 보내준 군용 비행기를 타고 나는 서울로 돌아왔다. 잠시만 수원에 가 있자며 서울을 떠난 지 거의 90일만이었다. 공항에 마중 나온 맥아더 장군과 차를 타고 서울 시내로 들어섰다. 저 멀리 뿌연 하늘 아래 한강이 보였다. 다리는 모두 부서졌고 서울의 시가지는 폭격으로 건물들이 다 무너져 있었다. 내 눈에서는 또 다시 눈물이 흘러내렸다.

"만세! 만세! 대한민국 만세! 이승만 대통령 만세!"

길거리에 쏟아져 나온 시민들은 우리 일행을 열렬히 환영하면서 만세를 불렀다. 나도 감격하여 눈물을 그칠 수 없었다.

감동의 순간도 잠시, 진짜 전쟁은 그때부터 시작되었다. 거기까지는 북한 침략에 대한 방어였고 이후로는 통일을 위한 힘찬 전진이었다. 도망갈 길이 끊긴 북한군은 독 안에 든 쥐가 되었다. 사기가 땅에 떨어진 북한군 병사들은 부대를 벗어나 도망치기 시작했다. 북한군 중에는 남한에서 강제로 모은 의용군이 많았기 때문에 도망가는 사람이 많을 수밖에 없었다. 북한은 더 이상 혼자 힘으로는 전쟁할 수 없는 상태가 되어버렸다.

국군은 서울을 되찾은 지 이틀 만에 38선까지 나아갔다. 그런데 거기서 잠시 멈출 수밖에 없었다.

"유엔군 총사령관의 명령이 있을 때까지 어떤 부대도 38선을 넘어서는 안 된다."

유엔군은 38선 넘기를 주저했다. 전쟁을 거기서 끝내고 싶었던 것이다. 그러나 그때 나의 주장은 확실했다.

"38선은 이미 사라졌다. 아무 것도 없는데 왜 넘지 못하는가?"

나는 육군 참모총장 정일권을 불렀다.

"정 총장, 당신은 어느 편이오? 미국 편이오, 아니면 한국 편이오? 왜 북쪽으로 가라는 명령을 내리지 않는 거요?"

"38선 때문입니다."

"38선이 어찌 되었다는 말인가? 무슨 철조망이 쳐 있나, 장벽이라도 쌓여 있나? 넘지 못할 골짜기라도 있단 말인가?"

나는 국군의 책임자들에게 처음으로 화를 내었다. 그들은 모두 고개를 들지 못했다. 잠시 후 그들은 나의 결심을 따르겠다고 말했다.

"정 총장, 당신의 결심이 중요하오. 억지로 내 뜻을 따르라는 게 아니고."

"저희는 대한민국의 군인입니다. 저희는 각하의 명령을 따라야 할 사명과 각오를 가지고 있습니다. 명령만 내리신다면 제가 현장에 가서 책임지고 결정하겠습니다."

"알았소. 바로 이것이 나의 결심이고 명령이오."

나는 책상 위에 놓여 있던 종이 한 장을 정 총장에게 건네주었다. 그 종이는 내가 미리 써놓은 명령서였다.

"대한민국 국군은 38선을 넘어 즉시 북진하라. 1950년 9월 30일 대통령 이승만"

그 다음날인 10월 1일, 국군은 드디어 38선을 넘어서 북쪽으로 향했다. 통일을 위한 발걸음이 시작된 것이다. 10월 1일 국군의 날은 그날 사건을 기념하여 만든 것이다. 10월 7일에 유엔군도 38선을 넘을 수 있게 되었다. 유엔은 한반도에 통일 정부를 수립하기로 결의했다.

국군은 20일도 채 못 되어 원산과 평양에 들어갔다. 평양은 북한 정부의 수도였다. 북한 정부의 심장 평양에 우리 국군이 미군보다, 유엔군보다 앞서서 발을 디딘 것이다.

"됐어, 됐어. 이제 원산과 평양에 가서 우리 동포를 직접 만나야겠다."

"각하, 아직 안됩니다. 공산군으로부터 되찾은 지 열흘도 안된 위험한 지역입니다. 테러를 당하실 수도 있는데 방문을 나중으로 미루시면 안 되겠습니까?"

"북녘의 동포가 나를 기다리고 있지 않습니까? 그들을 실망시킬 수는 없습니다."

주변에서 말렸지만 나는 경무대에 가만히 앉아 있을 수 없었다. 통일의 그 순간을 내가 앞서 나아가 맞이하고 싶었기 때문이다.

평양 시청 앞 광장에는 10만 명이 넘는 군중이 모여 발 디딜 틈도 없었다. 내가 그들의 열광에 보답하는 길은 오로지 하나였다. 우리나라를 통일하는 것, 그래서 그들도 대한민국 국민으로 자유롭고 편하게 살게 해주는 것뿐이었다.

"여러분, 우리 다시는 헤어지지 맙시다. 나라와 겨레를 사랑하는 지극한 마음으로 한 덩어리가 되어 공산당을 몰아내고 남북 통일을 이뤄냅시다."

연설을 마친 나는 연단에서 내려가 군중을 향해 걸었다. 그때 내 앞을 가로막은 사람은 정일권 참모총장이었다.

"안됩니다, 각하. 위험해서 군중 가까이 가시면 안됩니다."

"정 장군, 괜찮아요. 혹시 나에게 총알이 날아온다 하더라도 우리 애국 동포들의 뜨거운 입김에 녹아버릴 것이오. 저 군중 속에

> **혹시 나에게**
> 총알이 날아온다 하더라도
> **우리 애국 동포들의 뜨거운 입김에**
> 녹아버릴 것이오.
> 저 군중 속에
> 나를 노리는 공산분자가 있었다 할지라도
> **지금쯤은 뉘우치고 도망쳤을 것이오.**

나를 노리는 공산분자가 있었다 할지라도 지금쯤은 뉘우치고 도망쳤을 것이오."

나는 군중 속으로 들어갔다. 공산주의 지배 아래서 고생하던 그들의 손을 잡고, 껴안고 함께 울며 그들을 위로했다. 아니 나도 그들 덕분에 큰 위로를 받는 순간이었다.

* * *

"국군이 평양까지 밀고 올라갔는데 왜 통일이 안 되었나요?"

송이의 질문에 할아버지는 하던 이야기를 멈췄다. 그리곤 송이의 얼굴을 뚫어져라 한참 들여다보셨다. 뭔가 하고 싶은 이야기를 참는 표정이었다. 송이를 보는 할아버지의 눈가는 조금씩 빨개지고 물기로 촉촉해졌다. 할아버지는 더 이상 이야기를 하지 않고 창밖으로 눈을 돌리셨다. 할아버지의 표정은 얼음처럼 굳었고 입가는 가끔 파르르 떨렸다. 창밖에는 뉘엿뉘엿 해가 지고 저녁 노을만이 들판 저 멀리에 붉게 남아 있었다.

"할아버지는 6·25전쟁 때 통일의 기회를 놓친 것이 너무도 안타까워서 그 얘기만 나오면 언제나 저렇게 울적해하신단다. 송이야, 할아버지가 이제 피곤도 하신가보다. 오늘은 그만 집에 가고 내일 또 놀러오지 않을래?"

곁에 앉아서 함께 이야기를 듣던 프란체스카 할머니가 송이에게 말씀하셨다.

"할아버지, 저 갈게요."

송이의 인사에 할아버지는 잠깐 고개만 끄덕였을 뿐이다. 할아 버지의 굳은 표정은 송이가 문을 나설 때까지도 풀어지지 않았다.

목요일

"아니, 너 얼굴이 왜 그러니? 어디 아파? 무슨 일 있었던 거니?"

학교에서 돌아온 송이의 얼굴은 온통 엉망진창이었다. 볼은 눈물로 얼룩져 있었고 눈은 퉁퉁 부어 있었다.

"아니에요. 아무 일도 없어요. 체육 시간에 옆 반이랑 피구 시합을 했는데 너무 열심히 뛰어다니면서 땀을 흘려서 그래요."

송이는 걱정하는 엄마를 안심시키려 얼굴을 활짝 펴고 웃음을 지어보였다.

"아휴, 깜짝이야. 아무 일 없었다면 다행이다. 얼른 들어가 씻고 나와. 나와서 식탁 위에 있는 간식 먹어."

"엄마 어디 가요?"

"아니, 그냥 골치가 아파서 좀 누워 있으려고."

엄마는 아빠와 싸우기 시작한 후로 자주 아팠다. 그래서 엄마의 얼굴은 펴질 날이 없었다. 아프지 않으면 화내고, 화내지 않으면 울고……. 집에 막 들어선 송이를 보고 깜짝 놀랐을 때 잠깐 펴졌던 엄마의 얼굴은 안방으로 들어갈 때 다시 찌푸려졌다.

"정말 아무 일도 없었던 거니? 아니면 엄마를 안심시키려고 그런 거야?"

"일이 있긴 했는데요, 엄마한테 얘기하긴 좀 그런 일이었어요. 큰일도 아니었고요."

"그럼 이 할애비한테 얘기해봐라, 무슨 일이 있었나."

"저희 반에요, 아빠는 미국 사람이고 엄마가 일본 사람인 애가 있는데요. 몇 달 전에 걔네 부모님이 이혼했대요. 이혼한다고 할 때도 걔가 한동안 울고 다녔는데 그땐 그런가보다 했어요. 애가 괜히 징징대고 호들갑 떤다고도 생각했고요. 이혼은 걔네 부모님만 하는 건 아니잖아요."

"그런데?"

"그런데 오늘 걔가 학교에 와서 또 우는 거예요. 이제까지 엄마하고 살았는데 재판에서 아빠가 이겨서 아빠네로 이사 가야 한다고요. 그런데 엄마가 아예 일본으로 돌아간다고 했대요. 그래서 엄마는 몇 년에 한 번씩밖에 못 본다고 그러면서 우는 거예요."

"그래서?"

"그 얘기를 듣는데 저도 너무너무 슬픈 거예요."

"허허, 이제는 남의 일 같지 않았던 모양이구나."

"네, 그랬나봐요. 우는 친구 위로한다고 하다가 제가 더 크게, 더 많이 울었어요. 오히려 그 아이가 저를 위로했다니까요. 우리 둘이 껴안고 교실이 떠나갈 것처럼 크게 울었어요. 수업이 끝난 후

여서 다행이었지 다른 애들 있었으면 창피할 뻔했어요."

"아하, 그런 얘기라 엄마한테 할 수 없었구나."

"네, 그런 얘길 엄마한테 어떻게 해요."

"그래도 너희는 행복한 거다. 함께 울어줄 친구가 있잖니? 단지 함께 울어만 주어도 그것이 얼마나 커다란 위안이 되는지. 아마 그 친구는 오늘 네 덕분에 다시 또 힘을 얻게 되었을 게다. 좋을 때보다 어려울 때 곁에서 위로해주는 친구가 진짜 친구지."

"할아버지한테도 진짜 친구가 많이 있어요?"

"내가 어려울 때 커다란 도움을 줬던 친구 중 잊을 수 없는 사람들은 배재학당에 다닐 때 알게 된 선교사들이란다. 그 분들 덕분에 감옥에서도 견뎌낼 수 있었고 미국에 가서 공부도 할 수 있었지. 나는 우리나라에도 어려울 때 달려와 도와주는 진짜 친구가 필요하다고 생각했다. 그래서 그런 친구를 만들기 위해 무척 애를 썼단다."

"나라의 친구요? 국제 관계에는 영원한 친구도 없고 영원한 적도 없다면서요?"

"상처받을까 무서워 사랑하지 않겠다는 사람도 있지. 하지만 상처를 받더라도 사랑하며 사는 게 낫겠지? 국제 관계에서도 우리를 도와줄 친구를 만들고 힘닿는 데까지 그 친구를 지키도록 노력은 해야 하지 않겠니?"

할아버지의 나라 친구 만든 이야기

6·25전쟁은 북한 공산군이 느닷없이 침략해서 일어난 전쟁이다. 하지만 대한민국과 유엔군이 힘을 합해 북한 공산군을 물리치고 승리를 거둘 수 있는 전쟁이었다. 그나마 그렇게라도 나라를 지킬 수 있었던 것은 미국이라는 고마운 친구가 있었던 덕분이다. 해방 이후 미국과의 외교 관계를 잘 유지하지 않았다면 미국이 태평양 건너 멀리 떨어져 있는 한국을 도우려 달려오지 않았을 것이다. 또 유엔에 한국을 돕자고 호소하지도 않았을 것이다.

국군과 유엔군은 북쪽으로 북쪽으로 힘차게 전진했다. 서쪽의 국군은 중국과의 국경인 압록강에 거의 다 닿았다. 동쪽에서는 미군이 중심이 된 유엔군이 함경남도 함경남도에 있는 장진호라는 호수 근처까지 나아갔다. 이제 며칠 후면 꿈에도 그리던 통일을 완성할 것 같았다. 나는 북한 지역을 어떻게 다스릴 것인가를 두고 유엔군과 의논하기 시작했다.

그때는 10월 말이었다. 전쟁 중에도 단풍이 우리 강산을 아름답게 물들이고 있을 때였다.

"각하, 큰일 났습니다."

"아니, 이제 전쟁이 끝나 가는데 무슨 큰일이 또 남았단 말이오?"

"중국 공산군이 참전했답니다. 북쪽에서 중공군이 개미떼처럼 밀려들고 있답니다."

"뭐라고요? 중공군이?"

정말 그랬다. 곧 망할 위기에 몰린 북한의 김일성은 중국 공산당 지도자 마오쩌둥에게 구원을 요청했다. 마오쩌둥은 북한이 망하면 자신들의 국경선이 위험해진다며 군대를 일으켰다. 인구가 많은 중국은 엄청나게 많은 군인을 남의 나라 전쟁터로 몰아넣었다. 그들 중에는 얼굴에 여드름이 숭숭 난 열댓 살 소년도 많이 끼어 있었다. 인구도 많은 데다가 공산주의 국가였던 중국은 사람의 목숨을 그다지 소중하게 여기지 않는 것 같았다. 병사가 얼마든지 죽어도 상관없다는 각오로 덤비는 군대에게 이길 상대는 없다.

국군과 유엔군은 조금씩 밀려서 후퇴하기 시작했다. 중국이 참전하면서 전쟁은 더욱 복잡해졌다. 미국 안에서도 이 전쟁을 어떻게 해야 할지 의견이 엇갈리고 있었다.

"맥아더 장군, 이 전쟁은 이길 수 없는 전쟁이오. 중공군과의 정면 충돌을 피하고 38선에서 휴전하는 방안을 검토하시오."

미국의 트루먼 대통령은 중국을 자극하지 않으려고 만주와 압록강 다리에 폭격도 못 하게 하였다.

"대통령 각하, 전쟁이 일단 터졌으면 승리하는 것 외에는 길이 없습니다. 만주를 폭격하고 중국 해안을 막아버리도록 명령을 내려주십시오. 이대로 후퇴하다가는 미군 병사들의 목숨까지 위태로워질 수 있습니다."

마오쩌둥은 북한이 망하면
자신들의 국경선이 위험해진다며
군대를 일으켰다.
인구도 많은 데다가 **공산주의 국가였던 중국은**
사람 목숨을 그다지
소중하게 여기지 않는 것 같았다.

트루먼은 맥아더의 의견을 받아들이지 않았다. 그리고 맥아더를 그만두게 하고 유엔군 사령관에 리지웨이를 임명했다.

국군과 유엔군은 후퇴에 후퇴를 거듭했다. 전쟁이 일어난 다음 해 1월 4일에는 서울을 다시 한 번 적에게 내주게 되었다. 평택과 안성을 잇는 북위 37도선까지 후퇴하자 미군은 한반도에서 떠날 생각을 하기 시작했다. 미군이 한반도를 떠난다는 것은 대한민국을 포기한다는 얘기이다. 자칫 대한민국이 사라질 수도 있는 일이었다. 그런 일은 일어나서도 안 되고 일어나게 놔두어서도 안 되었다.

"이 전쟁은 미국의 민주주의와 소련의 공산주의와의 전쟁이오. 미국이 이 전쟁에서 소련에 밀리면 다른 곳에서도 밀릴 것이오. 공산주의가 한반도를 차지하는 것을 막아야 다른 곳에까지 공산주의가 퍼지는 것을 막을 수 있을 것이오."

나는 새 사령관 리지웨이에게 끝까지 싸워야 한다고 주장했다. 그래서 공산주의자들이 이 땅을 차지하는 것을 막아야 한다고 강조했다. 그렇게 해서 일단 리지웨이의 마음을 돌리는 데는 성공했다.

"우리는 여기에 머물기 위해서 왔습니다. 더 이상 후퇴는 없을 것입니다."

리지웨이의 말대로 더 이상 후퇴할 일은 일어나지 않았다. 전선도 38도선으로 올라갔고 3월에는 서울로 돌아갈 수 있었다. 그 후부터는 38선 근처에서 밀고 밀리는 치열한 전투가 계속되었다. 국군 제6사단은 양평에서부터 화천까지 밀고 올라가 중공군을 크게 무찔렀다. 나는 이 전투의 승리를 기념하기 위해 화천 저수지에 '파로호(오랑캐를 무찌른 호수)'라는 이름을 붙였다.

당연한 얘기지만 전쟁이 길어지는 것을 좋아하는 사람은 없다. 특히 남의 전쟁이라면 더욱 빨리 끝내고 싶어 한다. 새로 미국 대통령 후보가 된 아이젠하워는 휴전을 빨리 마무리 짓겠다는 것을 선거 공약으로 내걸었다. 소련의 스탈린도 전쟁을 빨리 끝내고 싶어 했다. 중국은 전쟁을 계속할 힘을 거의 다 써버린 상태였다.

하지만 나의 생각은 달랐다. 다소 전쟁이 길어지더라도 일이 벌어졌을 때 확실하게 마무리를 지어놓아야 했다. 어설프게 전쟁을 끝내는 것은 화의 근원을 남겨놓는 셈이다. 나에게 확실한 마무리는 당연히 공산군을 완전히 몰아내고 통일을 이루는 것이었다.

"1백만 중공군이 우리 땅에 내려와 있는데 휴전이 말이 되는가. 우리의 목표는 통일이다. 지금 휴전하는 것은 국토를 완전히 분단하는 것이다. 나는 절대 반대한다."

나는 한국 대표로 휴전 회담에 참여해야 했던 백선엽 소장에게 못 박아 말했다. 그리고 나는, 대한민국 대통령으로서의 나의 의지를 트루먼에게 확실하게 전달했다.

"

1백만 중공군이
우리 땅에 내려와 있는데
휴전이 말이 되는가.
우리의 목표는 통일이다.
지금 휴전하는 것은
국토를 완전히 분단하는 것이다.
나는 절대 반대한다.

"

"우리는 휴전을 반대합니다. 휴전은 우리에게 분단과 죽음, 파괴만 남길 뿐입니다. 중공군을 북한에 둔 채로 휴전한다면 한국은 통일을 위해 우리끼리만이라도 38선을 넘어 북쪽으로 진격할 것입니다. 유엔군이 도와주지 않더라도 우리는 통일을 위해 죽기를 각오하고 끝까지 싸울 것입니다."

하지만 미국은 어떻게 해서라도 휴전하려고 했다. 1951년 7월 10일부터 유엔군과 공산군의 휴전 회담이 시작되었다. 휴전 회담이 시작된 후에도 전투는 그치지 않았다. 오히려 더 치열해지기도 했다. 이기는 쪽이 휴전 회담에서 유리한 위치를 차지할 수 있기 때문이다. 그 통에 휴전 회담은 중지되었다 다시 이어졌다가를 되풀이했다.

그 과정에서 미국은 우리를 달래는 것이 아니라 북한과 중국을 달래고 그들이 원하는 것은 다 들어주려 했다. 그렇게라도 해서 휴전 회담을 빨리 마무리 짓고 싶어 했다.

이런 일도 있었다. 유엔군은, 공산 국가로 돌아가는 것을 원치 않는 포로들은 남겨두고 희망자만 돌려보내려 했다. 그런데 북한과 중국은 이를 거부했다. 이 문제 때문에 한때 휴전 회담이 중단되었다. 그런데 미국의 대통령이 아이젠하워로 바뀌면서 상황이 달라졌다.

"북한이나 중국으로 돌아오기 원하지 않는 포로는 중립국으로 보냅시다."

"좋습니다. 그럼 중립국인 인도로 보내도록 합시다."

미국이 이런 식으로 중국이나 북한에 양보했기 때문에 회담은 다시 열릴 수 있었다. 그런 미국의 태도가 나를 더욱 화나게 했다. 나는 한국 대표를 회담장에서 나오라고 했다.

"미국이 휴전 협정을 맺으면 우리는 국군만으로라도 끝까지 싸울 것이다."

나는 미군이나 유엔군이 자기들 멋대로 휴전할 수 없다는 것을 확실하게 보여줘야 했다. 그래서 나는 중대한 결정을 하게 되었다.

"지금 우리가 잡은 포로 중에 북한이나 중국으로 돌아가기 싫어하는 반공 포로는 몇 명이나 되는가?"

"2만7천 명 정도 됩니다."

"유엔은 그들을 중립국 송환위원회에 넘기기로 했다지? 말이 중립국이지 그들을 데려갈 인도는 공산주의자들과도 가까운 나라 아닌가? 그들을 그대로 놔두면 결국 다시 북한이나 중국으로 끌려가겠지. 공산주의를 싫어하는 사람들을 공산주의자들에게 넘겨줄 수는 없어."

나는 헌병 총사령관 원용덕 장군을 불렀다.

"반공 포로 2만7천 명을 석방하시오."

"각하, 그건 유엔군의 허가 없이는 불가능……."

"그러니 비밀리에 하라는 거 아니오. 작전을 잘 짜서 새벽에 유엔군 몰래 탈출시키도록 하시오. 뒷일은 내가 다 책임질 테니 걱정 말고."

1953년 6월 18일 새벽 두 시, 전국의 포로 수용소에서는 난데없는 총소리가 요란하게 들렸다. 국군 헌병대가 쏘는 총소리였다. 반공 포로들은 그 총소리를 신호로 철조망을 뚫고 탈출했다. 그들을 감시하던 유엔군 병사들은 헌병대에 붙들렸고 그 사이 포로들은 경찰들의 안내를 받아 민가로 무사히 숨어들었다.

"내 책임 아래 명령한 일이다."

다음날 나는 담화를 통해 반공 포로 석방 명령을 내가 내렸다고 당당하게 밝혔다.

"뭐라고요? 이승만 대통령이 반공 포로를 석방했다고요? 아니 그럼 북한하고 중국에서 노발대발할 텐데 그런 상태에서 어떻게 휴전 회담을 합니까? 이제 사인만 하면 휴전 협정이 맺어질 판국에……. 이승만 그 사람 정신이 있는 사람이랍니까?"

가장 많이 놀라고 가장 크게 화를 낸 사람은 미국 대통령 아이젠하워였다. 아이젠하워는 휴전을 누구보다도 서둘던 사람이었다. 영국의 처칠 총리는 면도하다가 그 소식을 듣고 깜짝 놀라 면도기를 떨어뜨렸다고 했다. 그만큼 반공 포로 석방은 세계를 깜짝 놀라게 한 엄청난 사건이었다. 결국 미국은 나의 의견을 존중하지 않고는 휴전할 수 없다는 것을 깨닫게 되었다.

공산군은 이 사건에 대한 보복으로 더 맹렬하게 공격했다. 1주일 동안 계속된 치열한 전투에서 양쪽이 각각 3만여 명의 사상자를 낼 정도였다.

당황한 미국은 나를 달래기 위해 부랴부랴 미국으로 나를 초청했다.

"나는 안 갑니다. 나랑 할 얘기가 있으면 미국이 국무장관을 한국에 보내시오."

미국은 어쩔 수 없이 국무부 차관보인 월터 로버트슨이라는 사람을 내게 보냈다. 그는 매일 나를 찾아왔다. 나는 날마다 미국 측에 새로운 것을 요구했다. 로버트슨과 나는 3주일에 걸친 긴 협상을 했다. 나는 휴전을 받아들이는 대신 그들에게 우리나라와 동맹 맺을 것을 약속받았다. 문서로 확실한 약속을 받아낸 후에야 나는 미국 대통령에게 보내는 편지를 써주었다.

"아이젠하워 대통령의 요청이니 휴전이 진행되는 것을 방해하지 않겠습니다."

내가 한미동맹을 요구한 이유는, 미국이 떠난 후 우리나라가 안전하게 지켜진다고 장담할 수 없었기 때문이다. 미군이 한반도에서 멀어지면 북한이 중공군과 함께 다시 전쟁을 일으켜서 순식간에 대한민국을 집어삼킬 수도 있는 상황이었다.

그 당시에 미국은 한국이 군사적으로 그리 중요한 나라가 아니라고 생각하고 있었다. 다시 말해 공산주의자들이 또 침략하면 한국을 포기할 수도 있다는 얘기였다. 하지만 나는 우리나라를 지키기 위해 미국이라는 강한 나라의 도움을 받아내야 했다.

미국은 한미동맹을 원하지 않았다. 두 나라가 동맹을 맺는 일은 몇몇 관리의 결정으로 이뤄지는 것도 아니었다. 나는 미국 국민들의 마음을 돌리기 위해서도 많은 노력을 했다. 1953년 7월 4일 미국 독립기념일에는 한국의 반공 투쟁이 미국의 독립 투쟁과 같은 것이라고 호소하는 방송도 했다. 여러 차례의 호소문과 영어 방송을 들은 미국 국민들은 한미동맹에 대해 지지하기 시작했다.

그때 나는 벼랑 끝에 서 있는 심정이었다. 내게, 우리나라에게 물러날 곳은 없었다. 단지 우리나라의 미래를 위하는 방향으로의 전진이 있을 뿐이었다. 반공 포로 석방이라는 엄청난 결단과 나의 끈질긴 투쟁으로 미국은 한국의 가치를 다시 평가하게 되었다. 미국은 강력한 지원을 하여 한국을 다시 일으키고 이를 자유 진영의 성공 사례로 삼기로 했다. 미국의 이런 태도 변화에 나도 한 걸음 양보했다. 휴전을 받아들인 것이다.

1953년 7월 27일에 판문점에서 휴전 협정이 맺어졌다. 북한이 쳐내려온 지 3년 1개월만이었다. 10월 1일에는 한미상호방위조약이 미국 워싱턴에서 맺어졌다. 이 조약은 한국과 미국 중 어느 한 나라가 무력으로 공격받을 경우, 공통의 위험에 대처하기 위해 또

미국은 어쩔 수 없이
국무부 차관보 월터 로버트슨을 내게 보냈다.
그는 매일 나를 찾아왔다.
나는 날마다 미국 측에 새로운 것을 요구했다.
로버트슨과 나는 3주일에 걸친 긴 협상을 했다.
나는 **휴전**을 받아들이는 대신
그들에게 **우리나라와 동맹 맺을 것**을
약속받았다.

다른 한 나라와 서로 협의하고 원조한다는 내용이다. 또 두 나라가 합의하면 미국의 육·해·공군을 한국의 영토와 그 주변에 배치한다고 했다. 이 조약으로 서울과 휴전선 사이에 미군이 남아 있게 되었다. 이로써 우리는 공산군의 침략에 속절없이 당하고 말 것이라는 공포에서 벗어날 수 있었다.

비록 통일은 못 되었지만 그래도 불행 중 다행이었다. 미국이라는 강력한 친구를 얻었기 때문이다. 한미방위조약이 맺어졌으므로 우리의 후손들은 여러 대에 걸쳐 이 조약으로 갖가지 혜택을 누릴 것이다. 또 이 조약 덕분에 앞으로 우리나라는 미국이라는 강력한 울타리 안에서 활기찬 번영을 누리게 될 것이다.

* * *

"놀 때 함께 하는 데서 그치지 않고 어려울 때 곁에 있어주는 친구가 진정한 친구란다. 그래서 힘든 일을 겪어봐야 누가 진짜 친구인지 알게 되지."

"미국은 우리가 위기에 처했을 때 달려와 생명을 구해주는 좋은 친구가 된 거지요?"

"그래, 또 우리도 미국이 위험에 처했을 때 달려가 도와줘야 한다. 서로를 돕도록 약속한 거니까."

"그럼 오늘 제 친구가 슬퍼할 때 곁에서 함께 울어줬으니까 저도 그 친구한테 좋은 친구가 되어준 건가요?"

"그래. 오늘 네가 그 친구의 생명을 구한 걸지도 모른다. 자신은 너무도 슬프고 외로운데 아무도 위로해주지 않는다고 생각하여 어리석은 결심을 하는 사람도 있거든. 너랑 함께 실컷 울었으니 그 친구는 당분간 어리석은 생각은 하지 않을 거다. 또 울고 싶을 때는 너를 생각할 것이고. 그나저나 함께 우는 동안 너도 마음이 좀 풀렸을 걸?"

"네. 가슴에 먹구름이 잔뜩 껴 있는 것 같았는데 목이 터져라 울고 나니까 속이 후련해졌어요. 한바탕 소나기가 쏟아지고 난 후 같이요."

금요일

"송이야, 아빠 식사하라고 해라."

"아빠, 식사…… 하시래요. 나중에 드신다고 해요?"

"아니다. 함께 먹자."

아빠가 선뜻 소파에서 일어났다. 며칠째 엄마가 식사하라는 얘기에 늘 나중에 먹겠다고 말하던 모습과는 완전히 달랐다. 아빠는 집에 들어올 때부터 뭔가 기분 좋은 일이 있었던 듯 표정이 밝아보였다.

아빠가 송이와 함께 식탁 의자에 앉자 엄마가 아빠 얼굴을 힐끔 보더니 밥을 한 그릇 더 담아왔다. 아빠가 안 올 줄 알고 아빠 밥은 안 담아놓은 것이다.

"당신이 웬일이에요? 제 때 식사를 다 하고?"

엄마가 의자에 앉으면서 한 마디 했다. 다행히 아빠는 엄마의 빈정거림에는 별로 신경을 안 쓰는 것 같았다. 아빠는 오히려 더 명랑한 목소리로 말했다.

"나야 언제나 송이랑 함께 밥 먹는 게 제일 즐겁지. 송이야, 그렇지?"

아빠는 송이의 볼을 손가락으로 살짝 눌렀다. 엄마 아빠가 말을 하고 있는 동안 송이는 바늘방석에 앉은 기분이었다. 아빠의 말에 뭐라고 대꾸를 해야 할지 생각도 안 났다. 아빠를 따라 생글생글 웃을 수도 없었다. 엄마의 표정은 아빠랑 전혀 딴판이었기 때문이다. 언제부터인가 송이는 아빠와 엄마가 한 자리에 앉아서 식사를 하는 것이 불편해졌다.

처음엔 아빠 엄마가 한 자리에 앉으면 은근히 기대도 했다.

'혹시 나 없는 새에 두 분이 화해하셨나?'

'혹시 한 자리에서 밥을 먹다보면 자연스럽게 화해가 되지 않을까?'

하지만 언제나 송이의 기대와는 전혀 다른 일이 벌어지곤 했다. 그런 날에는 사소한 의견 차이로부터 시작해서 꼭 큰 소리가 나는 싸움으로 번져나갔다. 어떨 땐 아빠 엄마가 대화도 하지 말고, 한 자리에도 앉지 않는 냉전 상태로 가만히 있었으면 하는 생각도 들었다.

"언제부터 그렇게 애를 챙겼다고."

엄마는 혼잣말처럼 낮은 목소리로 내뱉듯 말했다. 송이는 엄마의 말소리가 제발 아빠의 귀에는 들리지 않았으면 하고 마음을 졸였다. 아빠는 엄마 말을 못 들었는지 아무런 대꾸도 하지 않았다. 아빠가 아무 말도 하지 않아도, 뭐라고 대꾸를 해도 엄마는 화를 냈다.

"미국 온 후로 이제껏 애랑 대화 한번 제대로 한 적 없으면서 애 교육 얘길 해요?"

엄마의 목소리가 커졌지만 아빠는 여전히 아무 말 없이 조용히 음식만 입으로 가져갔다. 하지만 벌써 아빠의 얼굴은 딱딱하게 굳어버렸다.

"당신이 송이랑 놀아주길 했나요, 학부모 회의에 한번 가봤어요? 애 선생님 얼굴 한번 본 적 없으면서 걸핏하면 애를 걸고 늘어져."

엄마는 아빠가 대꾸를 할 때까지 계속 날카로운 말로 아빠를 마구 찌를 셈이었다.

"미국에 온지 4년 만에 석사, 박사 학위 모두 끝내느라 내게 시간이 있었소?"

"그래서요? 그래서 어떻다고요? 공부하는 아빠들은 모두 애 교육은 몰라라 해도 되는 거예요?"

"나 혼자 좋으라고 내가 미국까지 와서 공부를 한 게요? 그리고 송이 교육은 당신이 맡아서 했잖소? 그러니 내가 맘 놓고 공부만 할 수 있었던 거고. 나도 장학금만으로 학비며 우리 생활비까지 대느라고 늘 허덕이며 공부했잖소. 제대로 성적을 못 받으면 장학금이 끊겼을 게고. 그럼 우리는 어떻게 생활했겠소?"

"그러니까요. 송이 교육은 내가 알아서 한다고요. 그러니까 송이가 미국에서 교육받을 수 있도록 당신이 협조만 해주면 되잖아요. 이제는 취직도 할 수 있으니 장학금에 목매지 않아도 되고."

"공부도 나라 형편이 허락해야 할 수 있는 거요. 무사히 공부를 마쳤으면 이렇게 공부할 수 있도록 허락해준 우리나라에 이제 보답해야 하는 것 아니오? 우리 한국에서 떠나올 때 아버지가 하신 말씀 기억 안 나오? 공부 마치면 반드시 한국에 돌아와서 나라의 은혜를 갚으라는 말씀. 이제 아버지가 돌아가셔서 그나마 유언이 되어버렸지만."

"어휴, 걸핏하면 아버님 얘기. 그게 무슨 유언이에요, 그냥 자식이 멀리 가니까 섭섭해서 하신 말씀이지. 그리고 시골에서 농사만 짓던 아버님이 세상 돌아가는 물정을 알고 그런 얘기하셨겠어요? 돌아가신 아버님 얘기는 이제 그만 해요."

"무슨 말을 그렇게 해요? 옛날 분들 학교 교육 많이 못 받았어도 지혜는 우리보다 더 깊은 분들이오. 당신 우리 아버지를 무시하는 거요?"

기어이 아빠의 목소리가 커지기 시작했다. 송이가 방으로 들어가야 할 시간이 다가오고 있었다.

"내가 언제 당신 아버지를 무시했다고 그래요? 돌아가신 아버지를 무시해서 뭐한다고."

"뭐요? 당신 아버지?"

"당신 아버지지 그럼 내 아버지예요? 당신이 먼저 '우리 아버지'라고 했잖아요? 그러니 내가 당신 아버지라고 한 거지. 왜 말꼬리 잡고 시비예요?"

"애 앞에서 당신 아버지, 내 아버지, 그게 할 말이오? 말꼬리 잡고 시비하는 게 아니고 이치가 그렇잖소. 그러면 당신 아버지는 얼마나 세상 물정을 안다는 거요?"

"아니, 이이가 정말? 송이야, 너 밥 다 먹었으면 방으로 들어가. 어서."

차라리 아빠 엄마가 한 자리에 앉지 않는 게 나을 것 같다는 송이의 생각이 들어맞았다. 언제부터인가 아빠 엄마는 서로의 사소한 말에도 발끈 화를 내곤 했다. 두 분의 큰 싸움이 아직 끝나지 않았기 때문에 아무 것도 아닌 말에 서로 기분 나빠하는 것이다.

송이는 웬만큼 그 상황에 적응이 되었다. 처음에는 무섭고 슬프기만 하던 두 분의 싸움이 이제는 그냥 '듣기 싫은 일'로만 바뀌었다. 아빠 엄마의 말다툼이 시작되면 그냥 어서 빨리 그 자리에서 벗어나고 싶다는 생각만 하게 되었다.

"어, 할아버지 이발하시네?"

할아버지 집안에는 마치 작은 이발소가 차려진 것 같았다. 할아버지의 목에 넓은 보자기가 둘려 있고 프란체스카 할머니가 할아버지의 머리카락을 자르고 계셨다. 할아버지의 하얀 머리카락이 바닥에 흩어졌다. 한동안 이발을 안 하셨는지 떨어진 머리카락은 제법 길어보였다.

"할아버지 이발소에 안 가세요? 우리 아빠는 이발소에서 머리를 자르던데."

"허허허, 늙은이 머리 아무렇게나 집에서 깎으면 되지, 뭐 이발소에까지 가서 돈 주고 깎을 필요 있겠니? 차라리 그 돈 모아서 한국 갈 비행기 표 사는 데 쓰는 게 낫지."

할아버지는 웃고 계셨지만 어딘지 쓸쓸해보였다. 아무 말도 않고 가위질만 하시는 할머니 얼굴은 더 쓸쓸해보였다.

다 깎은 머리카락을 치운 할머니는 외출하는 차림으로 옷을 갈아입고 나오셨다.

"어디 가는 게요?"

"오늘 금요일이잖아요. 일주일에 한 번 마트에서 저녁 세일하는 날. 얼른 다녀올게요. 송이야, 넌 여기서 할아버지와 얘기하고 있어라. 할머니 마트에 다녀올게."

"부엌에 아직 먹을 거 많던데 마트에 안 가면 안 되오? 마트에 가면 공연히 돈만 쓰게 될 걸."

송이는 할아버지의 말이 어린아이 투정 같다고 생각했다. 할머니 표정은 이발할 때보다 더 굳어졌다. 하지만 할아버지를 달래듯 부드럽게 얘기했다.

"여보, 또 그 말씀. 그래도 최소한의 장은 봐야죠. 굶으면서야 살 수 없잖아요."

"알았어요. 그럼 조금만 사와……. 돈 다 써버리면 한국에 못 가……."

"알았어요. 걱정 마세요."

현관으로 나가며 할머니는 손등으로 눈가를 닦았다. 할머니는 울고 계시는 것 같았다.

"할머니가 마트에 가시는 걸 왜 못 가게 하셨어요?"

"허허, 그게 말이다. 한국에 가려면 최소한 우리 부부 비행기 값은 내가 내놓아야 하지 않겠니? 비행기 값도 없으면서 한국에 데려다 달라고 떼를 쓸 수는 없지. 또 한국 정부에서 보내주는 비행기 값은 국민의 세금인데 그 돈을 내가 함부로 쓸 수는 없잖아. 내가 절약해서 비행기 표 값을 마련해야지. 먹고 싶은 것 참고, 입고 싶은 것 참아야 돈을 마련할 수 있어. 그래서 이발소도 가능하면 안 가고 집에서 할머니한테 머리카락을 잘라달라고 부탁한단다. 허허허"

"할아버지는 언제 한국에 가실 건데요?"

"글쎄다. 곧 가야지. 여기 하와이에서 한 3주일만 쉬고 가려했던 것이 벌써 3년이 지났구나. 내가 살 날이 얼마 남지 않았는데 빨리 돌아가야지. 이 할애비 소원은 딱 한 가지란다. 한국에 돌아가서, 내 조국 땅에서 눈을 감는 것."

"할아버지가 그런 얘기 하시니까 눈물이 나요."

"에구. 내가 괜한 소리를 했구나. 그래, 이제 네 얘길 좀 해 보거

라. 오늘은 기분이 좀 어땠니?"

"오늘이요? 오늘도 기분은 망쳤어요. 아빠 엄마가 또 큰소리 내면서 싸웠거든요."

"저런, 쯧쯧."

"아뇨, 이젠 그래도 괜찮아요. 만날 겪는 일인데요. 그런데 할아버지. 아빠하고 엄마는 왜 만날 내 교육 문제를 놓고 다투는 거죠? 두 분 다 제 교육이 가장 중요하대요. 저한테는 다른 중요한 일도 많은데요."

"교육, 자라나는 학생에게 교육만큼 중요한 일이 또 어디 있겠니? 다행히 네 부모님은 같은 목표를 놓고 서로 다른 주장을 하고 있는 거구나. 네 교육이라는 목표 말이다. 목표는 같지만 그 목표까지 가는 방법이 다르다고 생각해서 싸우는 거지. 목표가 같으면 방법의 합의를 보기 훨씬 쉬우니 네가 큰 걱정 안 해도 될 것 같다."

"할아버지한테 반대하던 사람들도 할아버지와 같은 목표를 가진 사람들이었나요?"

"그런 사람들도 있었고 아예 엉뚱하게 다른 목표를 가진 사람들도 있었고. 그러고 보니 대부분의 사람이 할애비와 같은 목표를 가졌던 일이 몇 가지 있구나."

"그렇게 중요한 일들이 뭐였어요?"

"가장 중요한 것은 국가 재건이었지."

"국가 재건이 뭐예요?"

"전쟁으로 잿더미가 되어버린 나라를 다시 일으켜 세우는 것이 국가 재건이란다. 힘을 다시 키워서 국민이 배불리 먹고 살 수 있는 나라를 만드는 것, 이것에 반대하는 사람은 하나도 없었다. 당연한 것 아니겠니?"

"그럼 다른 건 또 어떤 게 있었어요?"

"그 중 하나가 교육 문제였지. 우리나라 국민들에게 공부를 많이 시키고 인재를 키워야 한다는 데 반대하는 사람은 없었어. 물론 할애비와 방법을 다르게 생각하는 사람은 있었지만……."

"할아버지도 교육 얘기를 하시네요. 우리 부모님처럼요."

"허허허. 어른들은 어딜 가나 교육이 제일 중요하다고 말한단다. 교육이 있어야 미래를 약속할 수 있거든. 너는 네 부모님한테 미래의 희망이란다. 공부를 해야 하는 데는 남녀가 따로 없어. 앞으로는 여자도 열심히 노력하면 나라를 이끌어갈 큰 인물이 될 수 있을 거야. 그래서 네 엄마 아빠가 그렇게 너의 교육을 중요하게 여기는 것이지."

할아버지의 국가 재건과 교육 이야기

전쟁이 끝난 후 우리나라는 모든 면에서 엉망진창이 되어버렸다. 휴전선 북쪽도 많이 파괴되었지만 휴전선 남쪽 지역은 단 한군데도 멀쩡한 곳이 없이 온 나라가 심하게 파괴되고 말았다. 어디서부터 손을 대야 할지 막막했다. 그렇다고 손을 놓고 하늘만 쳐다보고 있을 상황도 아니었다.

"자, 이제 모두 힘을 합해 우리나라를 다시 일으켜 세웁시다."

"나라를 일으켜 세운다고요? 그러다가 공산군이 또 쳐들어오면 어떡합니까? 지금 우리는 전쟁을 끝맺은 것이 아니라 잠시 쉬고 있는 휴전 상태 아닙니까?"

"그러게 한미동맹이 있잖습니까? 공산주의로부터 침략을 당하면 미국이 와서 도와줄 테니 우리는 안심하고 우리 먹고 살 일에 온 힘을 기울입시다."

한미동맹은 한국 사회가 안정적으로 발전할 수 있도록 튼튼하고도 안전한 울타리가 되어주었다. 또 미국은 우리나라가 산업을 일으킬 수 있도록 여러 가지 지원도 해주었다. 처음에는 경제 원조를 해주었다. 우리는 그 돈으로 기계, 원료 등을 사야 했다.

"이 돈으로 우선 소비재 공업부터 건설하시오."

미국은 우리가 당장 먹고 입는 것에 그 돈을 쓰기 원했다. 하지만 나는 그 돈을 그렇게 써버려서는 안 된다고 생각했다. 나는 가능한 한 원조 받은 돈을, 길을 만들거나 공장을 세우고 기계를 사오는 데 쓰려고 했다. 또 다른 생산에 도움이 되는 산업을 키우는 데 쓰려고 한 것이다. 그래야 우리 경제가 스스로 일어나는 힘을 마련할 수 있었기 때문이다.

한미동맹은
한국 사회가 안정적으로 발전할 수 있도록
튼튼하고도 안전한 울타리가 되어주었다.
또 미국은
우리나라가 산업을 일으킬 수 있도록
여러 가지 지원도 해주었다.
처음에는 경제 원조를 해주었다.
우리는 그 돈으로 기계, 원료 등을 사야 했다.

"애가 배고파 운다고 내년에 농사지을 씨감자까지 꺼내 먹여서야 되겠습니까? 일단 잘 달래놓고 씨감자로 농사지어 배불리 먹게 해줘야지요. 우선 배고프고 춥다고 받은 돈을 다 먹고 입는 데 써버리면 우리 경제는 계속 가난에서 벗어날 기회를 잡지 못 합니다. 지금은 우리 경제 스스로 일어날 힘을 마련하는 게 가장 중요합니다."

"하지만 각하, 원조 달러를 어디에 쓸 것인지에 대해 미국의 의견을 무시하고 우리 마음대로 할 수는 없지 않습니까?"

"그러면 이렇게 해보면 어떨까요? 미국의 원조로 수입한 물건들을 민간 기업에게 되파는 겁니다. 어차피 국내에서 소비할 물건들은 필요하니까요. 국내 기업들은 그 물건들로 장사를 하면 되지요. 정부는 그렇게 만들어진 더 큰 자금으로 도로며 부두 시설, 수도와 전기 시설 등 기간산업을 만드는 겁니다."

전쟁을 치른 후가 얼마나 비참한 상황인지 겪어보지 않은 사람은 제대로 알 수 없다. 그런데 우리 대한민국은 그런 상황에서도 경제 성장을 이룩했다. 당시 다른 후진국보다 앞서서 발전하기 시작한 것이다.

1950년대 후반부터 비료, 유리, 시멘트, 철강, 제지, 전자 기계 등의 생산재 산업이 건설되기 시작했다. 우리 정부는 스스로 경제를 세우기 위한 기간산업 건설에 힘을 기울였다. 이는 원조를 해주는 미국의 뜻을 거스르는 일이었다. 미국은 우리 경제의 자립보다 경제 안정이 더 급하다고 생각했다. 하지만 미국의 비위를 맞추고 있을 겨를이 없었다. 그 덕분에 1958년 이후에는 수출도 할 수 있을 정도로 우리 경제가 성장했다.

나는 그때 경제에만 관심을 둔 것이 아니었다. 굶지 않는다면 그 다음으로 중요한 것은 공부를 하는 것이다.

"공부가 밥을 먹여줍니까? 지금 먹고 살기도 바쁜데 무슨 돈으로 자식 교육을 시킵니까?"

"여러분, 공부가 밥을 먹여줍니다. 암요. 자녀 공부를 제대로 시켜놓으면 두고두고 배불리 밥도 먹을 수 있고 떡도 먹을 수 있습니다. 우리가 가난에서 벗어나는 길은 오로지 공부하는 길밖에는 없습니다."

그때까지만 해도 우리 국민은 자녀들 공부를 시키고 싶어도 먹고 사는 데 바빠서 학교에도 제대로 보내지 못하는 형편이었다.

"모든 국민은 평등하게 교육을 받을 권리가 있다. 적어도 초등교육은 의무적이며 무상으로 해야 한다."

우리 정부는 건국 헌법에 실린 내용을 기초로 하여 1949년 교육법을 만들었다. 그때부터 모든 국민은 그의 자녀가 만 6세가 되면 초등학교에 보내야 했다. 아예 국민의 의무로 만들어버린 것이다. 그런데 국민들은 교육의 의무를 의무로 생각하지 않았다. 오히려 교육받을 수 있는 권리로 감사하게 생각하였다. 그래서 국민들은 놀라운 교육열을 보여주었다. 교육만이 삶의 질을 바꿀 수 있다는 생각이 널리 퍼지게 된 것이다.

이 법이 생긴 이후 우리 국민의 99.8%는 최소한 초등학교 교육을 받게 되었다. 1943년만 해도 만 6세 어린이의 반도 못 미치는 수만 초등학교에 입학했던 것과 확연히 비교되었다. 그 결과 당연히 글자를 못 읽는 국민의 수가 크게 줄었다.

"올해 조사한 글자 못 읽는 국민 숫자가 얼마나 됩니까?"

"각하, 1959년 현재 열 명 중 한 명 정도입니다."

"아, 그래요. 해방 직후에는 전 국민의 절반 이상이 글을 못 읽었는데 많이 줄었군요. 잘 되었습니다. 하지만 나는 아직 만족할 수 없습니다. 전국 곳곳에 한글강습소를 세워서 글 못 읽는 국민이 하나도 없을 때까지 가르치고 또 가르칩시다."

우리 정부는 돈이 없는 가운데서도 교육에 많은 투자를 했다. 중고등학교와 전문학교, 대학교의 수와 학생 수도 크게 늘었고 육군·해군·공군의 사관학교도 이때 다 만들어졌다.

우리 국민과 정부의 교육열은 전쟁 중에도 식지 않았다. 학교 같은 교육 시설이 대부분 파괴되었는데도 수업은 계속 진행되었다. 길거리에 의자를 놓고 수업을 하거나 혹은 천막 교실을 만들기도 했다. 대학들은 몇 개씩 합쳐서 공동으로 수업을 했다. 세계 어느 나라에서도 찾아볼 수 없는 대단한 일이었다.

이렇게 짧은 시간에 수많은 국민이 교육 혜택을 받게 만든 것은 기적에 가까운 일이었다. 덕분에 학교를 비롯한 사회 여러 분야에서 인재가 쏟아져 나올 수 있게 되었다. 이 인재들은 앞으로도 우리나라를 선진국으로 발돋움시키는 소중한 사람들이 될 것이다.

❀ ❀ ❀

이야기를 마친 할아버지는 의자에서 천천히 일어나 화단으로 내려가셨다. 화단에는 커다랗고 탐스러운 분홍 꽃이 잔뜩 피어 있었다.

"송이야, 너 이 꽃 이름 아니?"

"히비스커스 꽃 아녜요? 하와이를 상징하는 꽃이라고 학교에서 배웠어요."

"그래. 잘 배웠구나. 할아버지는 이 꽃을 정말 좋아한단다."

"왜요?"

"우리나라 무궁화 꽃과 똑같이 생겼지 않니? 이 꽃을 보면 무궁화 꽃을 보는 것 같고, 마치 내가 한국에 있는 것 같은 느낌이 들기 때문이란다."

"무궁화 꽃이요?"

"그래, 무궁화 꽃은 이 꽃보다는 훨씬 작지. 하지만 봄부터 여름까지 끊임없이 줄기차게 꽃을 피운단다. 우리나라는 일본의 식민 지배와 전쟁을 겪으면서도 줄기차게 생명력을 키워 왔지. 지금 우

우리 국민과 정부의 교육열은
전쟁 중에도 식지 않았다.
학교 같은 교육 시설이 대부분 파괴되었는데도
수업은 계속 진행되었다.
길거리에 의자를 놓고 수업을 하거나
혹은 천막 교실을 만들기도 했다.

리나라는 무궁화 꽃처럼 작고 연약하지만 언젠가는 이 히비스커스 꽃만큼이나 크고 튼튼한 나라로 성장하게 될 거다. 이 할애비는 꼭 그렇게 될 것이라고 믿는단다."

다시 토요일

아빠 엄마가 기어이 이혼했다.

"송이는 내가 데려가겠소."

"절대 안돼요. 송이는 내 딸이에요. 누구한테도 빼앗길 수 없어요."

"당신 딸? 그럼 내 딸은 아니란 말이오?"

"난 송이 없이는 하루도 살 수 없어요. 그리고 송이는 절대 한국으로 못 보내요. 당신이나 한국으로 돌아가서 혼자 잘 살아보세요."

"말도 안 되는 소리! 재판을 해보시오. 당신이 송이를 차지할 수 있나."

"송이야, 이리와. 엄마한테 와. 응?"

"안돼! 한송이. 아빠한테 와!"

송이는 아빠 엄마 사이에 서서 울음을 터뜨렸다. 송이가 흘리는 눈물이 송이의 옷깃을 적시고 발밑에 흥건히 고였다가 금세 송이의 발목까지 차올랐다. 송이는 울다가 깜짝 놀라 발밑을 보았다. 그때 물이 고였던 송이의 발밑이 푹 꺼졌다. 송이는 깊은 구덩이

속으로 빨려들었다.

"으악! 엄마!"

송이는 다급하게 엄마를 불렀다.

"송이야!"

"송이야!"

아빠와 엄마도 비명을 지르며 송이를 향해 팔을 뻗었다. 아빠와 엄마는 양쪽에서 송이의 팔을 하나씩 잡았다.

"내가 끌어올릴 테니 당신은 그 손 놔요!"

"어림없는 소리. 내가 끌어올릴 테니 당신이나 손을 놔요."

어처구니없게도 아빠 엄마는 송이의 한 팔씩을 잡고 또 싸우고 있었다. 아빠 엄마는 송이의 팔을 양쪽에서 잡아당겼다. 팔이 끊어질 것 같이 아팠다.

"엄마! 아빠! 그만 싸우고 저를 올려주세요! 팔이 아파요!"

송이는 발밑을 내려다봤다. 밑에는 바닥이 안 보이는 시커먼 구덩이가 송이를 빨아들일 듯 커다랗게 입을 벌리고 있었다. 송이는 떨어지지 않으려고 발버둥을 쳤다. 귓가에서는 아빠 엄마가 송이를 두고 싸우는 소리가 계속 윙윙윙 들려왔다.

"살려주세요! 살려주세요!"

다리를 버둥버둥대다가 송이는 문득 눈을 떴다. 꿈이었다. 아직 밖은 깜깜한 밤이었다.

"엄마!"

송이는 큰소리로 울면서 엄마가 자고 있는 안방으로 뛰어갔다.

"어? 송이야, 왜 그래? 어디 아파?"

송이의 울음소리에 놀라 잠에서 깬 엄마는 송이의 얼굴을 들여다보며 이마에 손을 가져다 댔다. 송이는 고개를 절레절레 흔들고는 계속 울면서 엄마 품속으로 파고들었다.

"아하! 무서운 꿈을 꾼 모양이구나. 이제 괜찮아. 이리 들어와. 엄마랑 같이 자자. 에고, 우리 애기, 무슨 꿈을 꿨기에 이렇게 서럽게 울어?"

송이는 엄마 품속에 안겨서도 서러움에 울음이 그쳐지질 않았다. 잠이 들면 아까의 그 꿈이 계속 이어질까 두려웠다. 송이를 안고 있던 엄마는 조그맣게 한숨을 쉬었다. 한참을 울던 송이는 지쳐서 자기도 모르는 새에 잠이 들었다.

"할아버지, 어젯밤에 정말 무서운 꿈을 꾸었어요. 꿈에서 제가 땅 속으로 빠져드는데 엄마 아빠가 싸우느라 저를 구하지도 않는 거예요. 무서워서 죽는 줄 알았어요."

"허허허, 평소 많이 생각하는 일이 꿈으로 나타난단다. 네가 엄마 아빠 다툼 때문에 걱정이 많구나."

"걱정 정도가 아니에요. 꿈이 아니어도 앞으로 어떤 일이 일어날지 정말 무섭다니까요."

"송이야, 그럴수록 네가 정신을 바짝 차리고 용기를 내야지. 아빠 엄마가 다툰다고 세상이 끝나는 것은 아니잖니?"

"저도 용기를 내려고 마음을 먹는데 잘 안돼요. 자꾸 무서운 생각이 들고 제가 이 세상에서 제일 불행한 사람인 것 같아서 우울해지고 슬퍼요."

송이의 눈에서는 눈물이 주르르 흘렀다. 할머니가 곁에서 휴지를 건네주셨다. 송이가 어깨를 들썩이며 서럽게 우는 동안 할아버지는 아무 말씀이 없었다. 눈물과 콧물을 번갈아 닦아가며 서럽게 울던 송이는 한참 만에 울음을 그쳤다.

"네가 갈수록 스트레스가 심해지는 모양이구나. 그래, 울고 나니 좀 시원해졌니? 한바탕 소나기가 쏟아지고 나면 하늘이 다시 밝아지거든."

"네, 조금은요. 하지만 아직도 용기는 안 생겨요. 할아버지는 용기를 내야 할 때 어떻게 하셨나요?"

"용기를 내야 할 때? 지금 생각해보니 내가 걸어온 모든 길은 용기 없이는 절대 걸을 수 없는 길들이었구나. 그럴 때마다 어떻게 했느냐고? 용기가 필요할 때엔 내가 무엇을 위해 용기를 내야 하는지를 곰곰이 생각했단다. 그 일이 얼마나 소중한 일인지를 생각하면 저절로 용기가 솟아나곤 했지."

나에게 가장 큰 용기가 필요했던 때는 다른 나라와 대화하면서 내 주장을 끝까지 펴나가야 할 때였다. 내가 두려움에 져서 다른 나라에 굴복하면 우리나라 전체가 굴욕을 당하게 되는 셈이었다. 또 내가 너무 강하게 내 고집만 부리면 다른 나라의 협조를 받을 수 없었다. 6·25라는 큰 전쟁을 치르면서, 또 전쟁 후 잿더미에서 우리나라를 일으키기 위해 우리나라는 다른 나라의 도움을 많이 받아야 했다.

하지만 우리는 주권을 가진 독립 국가로서 자존심을 지켜야 했다. 절대 비굴하거나 굴욕적인 외교를 해서는 안 되었다. 당당하게 자존심을 지키면서 협조를 얻어낼 수 있는 그 경계선에서 나는 언제나 용기를 내야 했다.

전쟁 후 우리나라가 긴밀한 관계를 맺어야 했던 나라는 미국과 일본이었다. 미국과는 동맹을 맺어 위험할 때 서로 도와주기로 약속했지만 일본과는 상황이 좀 달랐다. 그들이 예전에 우리나라를 강제로 점령하고 우리 민족을 괴롭혔기 때문에 쉽게 친구가 될 수 없었다. 그런데 미국은 우리나라가 하루라도 빨리 일본과 화해하기를 원했다.

"우리 미국은, 한국이 일본과 협조하여 경제 발전을 이루고 지역 안보를 확고히 할 것을 원합니다."

"그건 안될 말입니다. 그것은 우리 한국이 다시 일본 밑으로 들어가는 것을 의미합니다."

나는 미국의 제안을 쉽게 받아들일 수 없었다. 일본은 그때까지도 사과조차 하지 않았다. 더구나 전쟁으로 우리가 경계를 소홀히 하는 틈을 타서 일본 어선들이 우리나라의 해안을 침범하기 시작했다. 1952년 1월, 나는 바다의 주권에 대한 대통령 선언을 발표했다. 바다에서도 우리나라의 주권이 미치는 구역을 정한 것이다. 이는 우리의 자원과 독도를 지키려고 한 일이다. 사람들은 그 경계선을, 나의 이름을 따서 '이승만 라인'이라고 불렀다.

"이승만 라인 안은 우리의 바다입니다. 또 독도는 한국의 영토입니다. 그 경계를 넘어서 들어오는 일본 어선은 다 잡아들이세요."

"각하, 하지만 일본 정부는 아직 이 라인을 인정하지 않았기 때문에 강력하게 항의할 텐데요."

"항의하라지요. 얼마든지 항의하라고 하세요. 저들끼리 맘대로 떠들어보라고 하세요. 내가 눈 하나 깜빡하는가."

물론 우리나라가 일본과의 관계를 완전히 끊고 살 수는 없는 일이었다. 일본 시장을 이용해야 했고 일본의 자본과 기술도 들여와야 했기 때문이다. 하지만 일제시대의 한 맺힌 역사를 그냥 없었던 일로 넘어갈 수는 없었다. 어떻게든 보상받아야 하는 일이었다.

"한국과 일본이 화해하려면 우리 민족이 일제시대에 피해본 것에 대해 일본 정부가 보상해야 합니다."

"우리 일본은 인정할 수 없는 일입니다. 아니, 일본의 지배로 오늘날 한국이 이렇게 발전할 수 있게 된 것 아닙니까? 철길이며 도로며 누가 다 만들어줬는데요. 오히려 한국이 일본에게 감사해야지요."

"뭐라고요? 그게 무슨 망언입니까? 이런 말까지 들어가면서 회담을 계속할 수 없습니다."

당시 일본 대표는 구보다 강이치로였다. 망언이란 이치에 맞지 않는 허황한 말을 뜻한다. 나는 그 망언에 화가 나서 일본과의 회담을 중단시켰다.

내가 미국 대통령의 초청을 받은 것은 그 무렵이었다. 아이젠하워 대통령과 나는 워싱턴에서 회의를 마치고 공동 성명을 발표할 예정이었다.

"각하, 그런데 이번 공동 성명서에, '공산권에 대항하기 위해 한국과 일본이 손을 잡을 것'이라는 내용이 들어 있답니다. 어떻게 해야 할까요?"

"뭐라고요? 한일 국교 정상화가 그렇게 쉬운 문제입니까? 우리나라와 일본이 외교 관계를 다시 맺으려면 시간이 더 필요하다고 내가 이제껏 얘기했는데 미국은 무슨 생각으로 그런 짓을 했답니까? 엊그제 나를 때린 사람하고 어떻게 바로 화해합니까? 더구나 그 사람이 내게 아직 사과도 안했는데 말입니다.

그런데 아이젠하워는 왜 이렇게 한국과 일본의 국교 정상화를 서두르는 겁니까? 아시아를 일본 중심으로 이끌어가고 싶은 것 아닙니까? 더구나 공동 성명서 원고를 발표 한 시간 전에 우리한테 보내다니요. 이건 국제적인 예의에도 벗어나는 일 아닙니까? 미국은 우리 한국을, 나를 대체 뭘로 보고 이런 짓을 한답니까?"

"각하, 어찌 할까요? 이제 곧 백악관으로 가셔야 하는데요."

"어찌 하긴 뭘 어찌 합니까? 나는 백악관에 안 갈 겁니다. 아이젠하워를 만날 이유가 없습니다. 이 친구들이 나를 불러놓고 올가미를 씌울 작정인가본데 어림없는 일입니다. 나 백악관에 안 간다고 연락하세요."

내가 너무도 화를 내는 바람에 주변에 있던 수행원들은 아무 말도 하지 못했다. 누구도 나한테 백악관에 가야 한다고 얘기도 못 꺼냈다.

미국 대통령과의 회의 시간은 오전 일곱 시 30분이었다. 그런데 오전 열 시가 지날 때까지 나는 백악관에 가지 않았다. 백악관에서 왜 안 오느냐, 무슨 일이 있느냐며 독촉 전화가 걸려오기 시작했다. 그제야 수행원들이 나를 설득했다.

"각하, 그래도 가셔야 합니다. 가셔서 일본과 화해 못한다고 말씀하셔야지 무조건 안 가시면 국제적으로 더 큰 말썽이 벌어질 수도 있습니다."

나는 마지못해 백악관으로 향했다. 두 나라 대통령이 마주 앉은 회의장에는 한참 동안 침묵이 흘렀다. 함께 회의에 참석했던 사람들은 나와 아이젠하워 대통령의 눈치만 살피고 있었다. 어색한 분위기를 먼저 깬 것은 아이젠하워였다. 하지만 대화의 시작은 나에 대한 비난과 항의였다.

"어제 한국의 헌병사령관 원용덕 장군이 중립국 감시위원단의 체코와 폴란드 대표를 내쫓았습니다. 그들은 휴전 협정에 의해 파견된 사람들인데 왜 그랬습니까?"

체코와 폴란드는 소련의 조정을 받는 공산 국가이다. 공산 국가 대표가 중립국 감시단이라며 우리나라를 휘젓고 다니게 둘 수 없어서 내쫓으라고 내가 원 장군에게 명령한 일이었다. 나는 전혀 거리낌 없이 곧바로 아이젠하워에게 말했다.

"그들은 스파이입니다. 우리 군사 기밀을 뒤지고 다니고 있습니다. 그들은 미군이 내준 헬리콥터를 타고 우리나라 방방곡곡을 다니고 한국에 와 있는 미군의 시설까지 정탐하고 있습니다. 그래도 되는 겁니까?"

아이젠하워는 깜짝 놀라며 옆에 앉은 주한 유엔군 사령관 존 힐을 돌아봤다.

"그게 사실입니까?"

"헬리콥터를 빌려준 적은 있습니다."

힐의 대답에 아이젠하워 대통령은 말문이 막혔다. 또 한참 동안 무거운 침묵이 흘렀다. 이번에 먼저 침묵을 깬 사람은 나였다.

"일본 대표 구보다가 한국에 대해 망언을 했습니다. 일본의 강제 지배가 한국에 유익했다는 말을 했는데 이게 망언이 아니고 뭐겠습니까? 그런 일본과 어떻게 국교 정상화를 합니까?"

아이젠하워는 이번에는 국무장관 덜레스를 돌아봤다.

"그게 사실입니까? 일본 대표가 정말 그런 말을 했습니까?"

"네, 각하. 구보다 대표가 그렇게 말했습니다."

아이젠하워는 그 얘기를 듣고도 일본과 국교를 맺으라고 내게 계속 말했다.

"과거의 일은 어찌 되었든 일본과의 국교는 반드시 열어야 합니다."

"내가 대통령으로 있는 한 일본과는 상대도 하지 않을 것입니다."

나는 더 이상 참을 수 없어 한 마디로 잘라 말해버렸다. 아이젠하워는 화를 벌컥 내며 자리를 박차고 일어났다. 그는 나를 회의장에 그대로 남겨둔 채 옆방으로 가버렸다. 이런 행동은 국가 원수들이 만나는 자리에서 절대 해서는 안 되는 실례의 행동이었다.

"저런 고얀 사람이 있나! 저런!"

나도 화를 참을 수 없었다. 다른 미국 사람들이 있었지만 나도 모르게 우리말로 아이젠하워의 행동을 비난해버렸다.

잠시 후 아이젠하워가 돌아왔다. 그동안 화를 삭이고 온 것이다.

"한일 수교의 문제는 일단 나중으로 미루고 다른 문제에 대해 협의합시다."

"나 내일 내셔널 프레스 클럽에서 연설을 해야 하는데 그 준비 때문에 일찍 일어나야겠습니다."

이번에는 내가 자리에서 일어났다. 그런 무례한 상대와는 회의를 계속하고 싶지 않았다. 아니, 그런 무례를 참는 것은 한국 사람 모두가 굴욕을 당하는 것이라고 생각했다.

나와 아이젠하워 대통령의 회의는 험악한 가운데 진행되었지만 미국은 결국 8억 달러의 군사 원조와 경제 원조를 보내주었다. 이 원조는 우리나라를 다시 일으키는 데 큰 힘이 되었다.

어떤 사람들은 나보고 친일파라고 한다. 해방 직후 친일파를 모두 잡아 감옥에 보내지 않았다고 하는 말이다. 하지만 일제시대에 나랏일을 하던 그들을 다 감옥에 보내면 새로 세운 나라의 일은 누가 할 수 있었겠는가? 농사 짓던 사람을 데려다 정치를 맡기고 바다에서 고기 잡던 사람을 데려다 경찰 간부를 시킬 수는 없었다. 물론 농부나 어부를 얕잡아 하는 얘기가 아니다. 다 자기가 잘할 수 있는 일이 따로 있고 각자 맡은 일에 충실해야 세상이 질서 있게 돌아갈 수 있다는 얘기이다.

더구나 조국에서 살지 못하고 외국으로 떠돌아다니며 우리나라의 해방을 위해 목숨을 걸었던 내가 어떻게 친일파가 될 수 있겠는가. 나는 끝까지 일본에 머리를 숙이지 않았다. 그리고 일본이 우

나는 친일파도 친미주의자도
전쟁에 미친 사람도 아니다.
다만 나는 대한민국에 미친 사람이다.

나는 대한민국파, 대한민국주의자일 뿐이다.
내 일생은 그렇게 대한민국을 위해 바쳐졌을 뿐이다.
나는 조국을 위해서라면
어떤 경우에도 용기를 잃지 않았다.

리 땅은 물론 바다에까지 한 발자국도 들이지 못하게 경계선을 만들었다. 미국이 화해하라고 강력하게 압력을 넣었음에도 나는 절대 굴복하지 않았다.

또 어떤 사람들은 나보고 친미주의자라고 한다. 내가 해방 전부터 미국과의 외교가 중요하다고 강조했다고 하는 말이다. 하지만 그건 우리나라를 지키기 위해 미국의 힘이 필요했기 때문이다. 중국, 러시아 등 다른 힘센 나라들도 있었지만 그나마 우리 땅을 빼앗으려 넘보지 않는 나라는 미국밖에 없었다.

그래도 나는 절대로 미국의 뜻대로 움직이지는 않았다. 힘을 가지지 못한 나라의 지도자 중에 나처럼 미국 대통령과 정면으로 맞선 사람은 흔치 않다. 내가 정말 친미주의자라면 미국 대통령이 시키는 대로 했을 것이다. 세계에서 가장 강한 나라 미국 앞에서도 나는 대한민국 대통령으로서의 자존심을 지켰다. 대한민국의 자존심을 지켜낸 것이다.

또 어떤 사람들은 나보고 전쟁에 미친 사람이라고 한다. 6·25전쟁 때 휴전을 반대한 것을 두고 한 말이다. 그때 정말 한국군만으로 전쟁이 가능했겠는가? 그때 우리에게는 군대를 움직일 수 있는 기름이 사흘치밖에 없었다. 하지만 휴전을 안 하겠다는 내 말이 공산주의자들에게 겁을 주기에는 충분했다. 또 휴전을 반대함으로써 우리를 끝까지 돕겠다는 약속을 미국에게 얻어내기도 했다.

나는 친일파도 친미주의자도 전쟁에 미친 사람도 아니다. 다만 나는 대한민국에 미친 사람이다. 나는 대한민국파, 대한민국주의 자일 뿐이다. 내 일생은 그렇게 대한민국을 위해 바쳐졌을 뿐이다. 나는 조국을 위해서라면 어떤 경우에도 용기를 잃지 않았다.

그 이후

바로 그 일요일

일요일이다. 송이는 일찍 잠에서 깨어났지만 침대에서 일어나지 않았다. 시간이 흘러가지 않고 그냥 머물러 있었으면 좋겠다고 생각했다. 오늘 아빠 엄마에게 자신의 결정을 알려야 한다. 송이는 아직 마음의 결정을 못 했다.

'내가 일어나기 전에 아빠 엄마가 알아서 화해한다면 얼마나 좋을까? 두 분이 손잡고 내 방문을 열고 이제 걱정하지 말라고 얘기해준다면 얼마나 좋을까?'

하지만 그런 기적은 일어나지 않았다.

'외할아버지는 편지를 받으셨을까? 근데 왜 아직 답장을 안 해주시는 거지? 아직 편지가 도착 안한 걸까?'

문득 외할아버지께 보낸 편지 생각이 났다. 외할아버지로부터 답장을 받지 못한 채 송이 스스로 결정해야 하는 날이 돌아와버렸다.

'아마 내가 이 세상에서 가장 외로운 사람일 거야. 내가 원하는 답을 알려줄 사람이 이 세상에 아무도 없잖아.'

송이는 마당에 나가 그네에 앉았다. 흔들리는 발을 내려다보며 중얼거렸다.

"우리 엄마 아빠는 나한테 언니나 오빠를 낳아주지. 그랬으면 내가 이렇게 혼자 고민하지 않아도 됐을 텐데."

뒷집을 넘겨다봤다. 할아버지 댁에는 아무도 없었다. 일요일이어서 할아버지와 할머니는 교회에 가서서 아직 안 돌아오셨다.

"아! 대통령 할아버지. 왜 할아버지한테 물어볼 생각은 하지 않았지?"

송이는 할아버지가 교회에서 돌아오시면 아빠 엄마에게 어떻게 이야기할 것인지 여쭤보기로 했다.

"할아버지는 어떻게 생각하세요?"

"허허, 이 녀석, 뭐가 그리 급해? 뭘 물어보고 싶은 건지 자세히 설명해보렴."

"아니요. 그거 있잖아요. 아빠와 엄마한테 뭐라고 해야 하는지요."

"아직 네 마음을 정하지 못한 모양이구나. 글쎄 뭐라고 해야 할지 할애비한테도 어려운 문제로구나.”

“그냥요, 할아버지의 의견을 말해주세요. 할아버지 같으면 어떻게 하시겠어요?”

“허허, 녀석도. 숨넘어가겠다.”

“빨리요. 오늘이 제가 결정하는 날이란 말이에요.”

할아버지는 대답 대신 송이의 양쪽 어깨에 두 손을 얹었다. 송이는 눈만 껌뻑이며 할아버지의 말을 기다렸다.

“송이야, 너 나중에 커서 대한민국 대통령이 되고 싶지 않니? 할애비는 네가 대통령이 되는 꿈을 키워 나가면 좋겠다.”

“에이, 할아버지, 저도 대통령이 되고 싶지요. 하지만 그런 얘긴 나중에 하고요.”

“아니다. 이 할애비가 네게 할 수 있는 얘긴 그것뿐이란다. 대통령이 되려면 어떤 결정을 해야 하는지 네가 잘 생각해보면 답이 나올 게다. 잊지 마라. 답은 네가 장래 희망을 무엇으로 정할지에 달려 있다는 것을. 네 부모님은 두 분 다 너의 교육과 장래 문제를 걱정하고 계시지. 그렇다면 네가 나중에 커서 어떤 일을 할 것인가에 따라 교육 환경과 방향이 달라져야 하지 않겠니? 앞으로 네가 어떤 길을 가고 싶은지 그것을 부모님께 확실하게 말씀드리면 된단다.

그리고 네가 결정하는 데 도움이 될 몇 가지를 더 알려주마. 무슨 일을 하든 용기를 가져야 해. 자신에 대한 믿음을 잃어서는 안되고. 또 오늘은 물론 먼 훗날까지 내다볼 줄 아는 사람이 되어야 해.”

"엄마, 저 한국으로 갈래요."

송이의 말에 엄마는 깜짝 놀랐다. 엄마는 송이가 당연히 미국에서 살고 싶다고 얘기할 것이라 생각하고 있었다.

"아니, 송이 너 그게 무슨 말이야?"

"그래, 송이야, 잘 결정했다. 한국으로 돌아가자. 여보, 당신도 이제 그만 양보해요."

아빠의 목소리는 활짝 핀 꽃망울처럼 밝게 울렸다. 하지만 엄마의 목소리에는 쇳소리가 더욱 많이 섞여 나왔다.

"대체 왜 한국으로 돌아가겠다고 마음을 바꾼 거야?"

"엄마, 그리고 아빠. 저 나중에 커서 대한민국의 대통령이 될 거예요. 그러려면 대한민국에 대해 잘 알아야죠. 그러니까 대한민국에서 학교도 다니고 대한민국 친구들을 사귀어야 하잖아요. 대통령 할아버지가 제가 어른이 될 때쯤이면 여자도 대통령이 될 수 있을 거라고 하셨어요. 저도 할아버지처럼 대한민국과 우리 국민을 위해 열심히 일할 거예요."

"너, 뒷집 대통령 할아버지가 너한테 뭐라고 하셨는지는 몰라도 여자는 대통령 될 수 없어. 여자가 어떻게 대통령이 된다는 거야. 대통령은 남자들이 하는 거지."

"여보, 남자든 여자든 차별하지 말고 교육시켜야 한다고 말한 건 당신이잖소. 송이가 어른이 되었을 때는 우리나라에도 여자 대통령이 나올 수 있을 게요. 송이가 우리나라의 첫 여자 대통령이 된다면 우리도 얼마나 영광스럽겠소?"

"엄마, 저도 여기서 살고 싶었어요. 그런데 대통령이 되려면 나라를 사랑하는 마음과 나라를 위해 희생하는 마음을 가져야 한다고 할아버지가 그러셨어요. 제가 여기 살고 싶은 마음을 버리는 것이 희생의 시작이잖아요. 그리고 저의 내일을 생각한다면 한국으로 돌아가는 게 나을 것 같아요. 할아버지도 곧 한국으로 가실 거래요."

"아니, 그래도 너 어떻게……."

따르릉, 따르릉

엄마의 말을 끊은 것은 전화벨 소리였다.

"여보세요? 네, 장인어른, 안녕하셨습니까? 아, 네. 걱정마십시오. 괜찮아질 겁니다. 네. 잠깐만 기다리세요."

아빠는 엄마에게 수화기를 내밀었다.

"아버지? 아니 웬일로 전화를 다 하셨어요? 국제 전화 비싸다며 절대 걸지도 말라고 하시더니……. 네? 그걸 아버지가 어떻게 아셨어요? 송이가요? 네에, 네에, 네에, 알겠어요. 네, 알았어요. 안 그래도 저도 더 이상 버티기 힘들던 참이에요. 걱정마세요. 아버지 뜻대로 할게요. 네, 건강 잘 챙기시고요. 한국 돌아가서 봬요."

엄마는 수화기를 내려놓고 한숨을 푹 쉬었다. 그리고 울먹이는 소리로 송이에게 말했다.

"네가 보낸 편지 오늘 받으셨대. 시간이 없는 것 같아서 편지로 답장을 안 하고 전화를 하셨단다. 외할아버지도 한국으로 돌아오라고 하시는구나. 엄마 편 들어주는 사람은 아무도 없구나."

엄마는 금방이라도 울음을 터뜨릴 것 같은 표정으로 말했다.

"여보, 송이와 나는 언제나 당신 편이었소. 그러게 당신과 함께하기 위해 이렇게까지 애쓴 것 아니오."

엄마는 아빠의 말에 아무런 대꾸도 없이 안방으로 들어가버렸다. 안방에서는 엄마의 흐느껴 우는 소리가 한참 동안 들렸다. 민망한 표정을 짓고 있는 아빠에게 송이가 말했다.

"엄마가 걱정이에요, 아빠. 엄마 괜찮을까요?"

"엄마 걱정은 안 해도 될 거야. 아빠가 잘 위로할게. 엄마랑 한참을 싸웠지만 엄마가 아빠와 송이 너를 많이 사랑한다는 데는 변함이 없거든. 아빠는 엄마를 믿고 엄마는 아빠를 여전히 믿는단다. 그리고 엄마도 저렇게 한바탕 실컷 울고 나면 그동안 가슴에 쌓였던 스트레스가 다 풀리게 될 거야."

"소나기가 쏟아지고 나면 먹구름이 사라지는 것처럼요?"

"허허허, 그래. 지금 안방에서는 소나기가 쏟아지고 있는 거지. 잘 될 거야. 걱정 이제 그만 해도 된다."

송이는 아빠의 말에 비로소 안심이 되어서 고개를 크게 끄덕였다.

"아빠, 할아버지들은 모두 생각이 같으신가 봐요. 돌아가신 친할아버지도, 외할아버지도, 대통령 할아버지까지 아빠가 공부하고 한국으로 돌아가 일하기를 바라셨네요. 그런데 대통령 할아버지도 미국에서 박사 학위를 받고 바로 한국에 가서 일하셨나요?”

“대통령 할아버지는 미국에서 조지 워싱턴 대학교를 졸업하자마자 한국으로 돌아가서 일하려고 하셨대. 그런데 한국에 계신 할아버지의 아버지가 오지 말라고 말리셨단다.”

“왜요? 그분은 우리 할아버지들하고는 반대네요?”

“그때 대통령 할아버지가 우리나라를 새롭게 만들려는 노력을 하셨기 때문에 반대하는 사람이 많았단다. 그들은 할아버지가 귀국하면 할아버지를 감옥에 보내려고 벼르고 있었지. 할아버지는 한국에 돌아가면 일도 제대로 못하고 목숨이 위험할 형편이었단다. 그러니 생각해봐라. 지금 아빠처럼 돌아가 몸 바쳐 일할 수 있는 조국이 있다는 것이 얼마나 다행이니?”

“네, 그러네요. 그 후에 할아버지는 어떻게 하셨나요?”

“하버드 대학교와 프린스턴 대학교에서 2년 반 만에 석사, 박사 학위를 모두 받으셨단다. 한국 사람으로 처음인 것은 물론이고 미국 사람도 그렇게 짧은 시간에 학위를 받는 건 어려운 일이었지.”

“우와, 하버드, 프린스턴 다 유명한 학교들이잖아요? 대통령 할아버지는 공부 잘하셨나보다.”

“하하하, 아빠 생각엔 이렇다. 배운 것을 바탕으로 어서 빨리 조국을 위해 일해야겠다는 욕심이 있었기에 더욱 열심히 공부할 수 있었던 거지. 할아버지의 목표는 뚜렷했으니 말이다. 박사 학위를 받은 후에는 곧바로 한국으로 가실 수 있었단다. 하지만 그때는 안타깝게도 일본이 우리나라를 점령하고 있던 때였지."

"할아버지는 한국에 가자마자 정치가가 되셨나요?"

"아니, 그때 한국에 간 이승만 할아버지는 우리 민족, 특히 청년 교육에 힘을 기울였단다. 전국을 돌아다니며 강연과 설교를 하며 우리 민족에게 자유주의 사상을 불러 넣고 의식을 깨우기 위해 노력하셨지. 그때는 우리나라에 교통이 좋지 않아서 기차는 물론 배, 말이나 나귀, 마차나 소가 끄는 달구지, 가마나 인력거를 타고 또 걸어서 전국을 누비고 다니셨대."

"그럼 그때부터 계속 한국에 사셨나요?"

"아니, 2년도 못 되어 다시 미국으로 오셨단다. 일본 사람들이 할아버지처럼 애국 계몽 운동하는 사람들을 잡아들이기 시작했거든. 할아버지는 미국에서도 우리 민족을 교육하는 데 앞장서셨어. 하와이에 한인기독학원이라는 남녀 공학 학교를 세워서 많은 한인 학생이 공부할 수 있게 하셨지."

"그때도 하와이에 우리나라 사람이 많이 살았나요?"

"그 당시에도 하와이에 우리나라 사람이 제법 많이 살고 있었지. 그들은 대부분 파인애플 농장에서 일하던 사람들이었단다. 고된 노동을 해도 받는 돈은 쥐꼬리 만큼밖에 되지 않으니 자녀 교육에 힘을 쓸 수가 없었지. 할아버지가 세운 학교는 그렇게 힘들게 살아가던 우리 교민의 어린 자녀들이 공부할 수 있는 학교였어. 거기서 10년 가까이 교육에 힘쓰다가 본토로 건너가 독립 운동에 참가하셨지."

"와, 할아버지는 무척 바쁜 삶을 사셨군요."

"대통령 할아버지는 자신을 필요로 하는 일이 생기면 어디든 달려가서 몸을 아끼지 않고 열심히 일하셨지. 자, 아빠도 이제 공부를 마쳤으니 우리나라로 돌아가서 우리나라가 필요로 하는 일꾼이 되어야겠다. 그게 우리 조국의 부름이고 아빠가 공부한 보람이기도 하다. 아무튼 엄마와의 전쟁은 이제 끝난 것 같구나. 네 현명한 선택과 설득이 우리 가정을 지킨 거야. 고맙다, 송이야."

2년 후 여름, 서울

"학교 다녀왔습니다."

"어서 와라."

엄마와 아빠는 현관에 들어선 송이에게 건성으로 인사를 건네고 이내 거실에 놓인 라디오에 귀를 기울였다.

"쯧쯧, 결국은 이렇게 되고 말았군요."

"엄마, 뭐가요? 뭐가 이렇게 되었어요?"

"이승만 할아버지가 한국으로 돌아오신단다."

"아, 그래요? 그럼 아빠, 잘 된 거 아녜요? 할아버지가 얼마나 돌아오고 싶어하셨는데요. 와, 할아버지 만나러 가야지, 보고 싶다."

송이는 신이 났는데 아빠 엄마의 표정은 얼굴에 먹구름이 낀 것처럼 어두웠다.

"그런데 송이야, 할아버지는 끝내 조국 땅을 못 밟고 미국에서 돌아가셨다는구나. 유해를 모시고 온다는 거야."

아빠의 말에 송이는 소파에 털썩 주저앉았다. 처음에는 너무 놀라 울음조차 나오지 않았다. 하지만 곧 송이의 눈에서 눈물이 비오듯 쏟아졌다.

"세상에, 어떻게 그럴 수 있어요? 할아버지는 5달러짜리 이발소에도 안 가고 한국에 돌아올 비행기 표 값을 모으셨단 말예요. 대체 할아버지가 무슨 죄를 지었기에 나라를 세운 대통령이 그런 대접을 받아야 하는 건가요? 정말 할아버지가 그런 대접을 받아야 할 정도로 나쁜 사람이었단 말인가요?"

"송이야, 진정하렴. 이제 그만 진정해. 울지 말고. 응?"

송이는 간신히 울음을 멈추고 엄마가 가져다준 물을 한 모금 마셨다. 한숨을 돌린 송이는 아빠에게 물었다.

"아빠, 대통령 할아버지는 대체 무슨 죄를 지으신 거예요?"

"송이야, 할아버지의 잘못은 물러날 시기를 놓친 것이란다. 물론 이승만 할아버지는 큰 실수를 하셨어. 하지만 할아버지는 그 실수보다 몇 배, 몇 십 배나 더 큰 공로를 세우셨지. 할아버지께서 어떤 일들을 하셨는지 얘기 들어서 잘 알고 있을 거야. 너도 이제 곧 고등학생이니 할아버지의 공로와 실수에 대해 모두 잘 이해할 수 있겠지?"

"왜 학교에서는 할아버지가 세운 업적에 대해서는 안 가르쳐주는지 모르겠어요. 제가 하와이에서 들은 얘기를 친구들한테 해줘도 관심도 없고요. 다른 애들도 할아버지에 대해 잘 알 수 있다면 좋겠는데……."

"너라도 할아버지의 애국심을 본받으려 노력한다면 할아버지는 저승에서라도 기뻐하실 거다. 우선은 그걸로 만족해야지."

"네, 아빠. 아, 이제는 정말 할아버지를 다시 만날 수 없는 건가요?"

송이는 다시 울음이 터져 나오려는 것을 간신히 참고 아빠에게 물었다.

"생전의 만남은 우리가 하와이에서 헤어질 때가 마지막이 되었구나. 며칠 있다가 장례식이 거행될 테니 아빠와 함께 거기에 가보자. 할아버지의 마지막 가시는 길을 우리도 지켜봐야지."

1965년 7월 27일, 서울

　송이는 아빠 엄마와 함께 아침 일찍 광화문으로 나갔다. 정동교회에서 장례식을 치르고 대통령 할아버지의 유해가 광화문을 거쳐 동작동 국립묘지로 간다고 했다.

　이른 시간이었는데도 광화문 광장에는 수많은 사람으로 발 디딜 틈이 없었다. 광장뿐만 아니었다. 광화문에서 서울역까지 그 넓은 길은 사람들로 완전히 메워졌다. 아니, 그 수많은 사람이 어디까지 이어져 있는지 끝을 알 수 없을 정도였다.

　송이는 거리에 쏟아져 나온 사람들을 보고 깜짝 놀랐다. 태어나서 그렇게 많은 사람은 처음 보았다. 가족이 돌아가셨을 때 입는 하얀 소복을 입은 아주머니도 눈에 많이 띄었다. 가끔 땅바닥에 털썩 주저앉아 땅을 치며 우는 아저씨도 보였다. 울다가 지쳐서 멍

하니 허공을 보고 앉은 할머니도 있었다.

　아직 장례 행렬이 도착하지도 않았는데 사람들은 손수건을 꺼내 들고 계속 눈물을 닦고 있었다. 조금이라도 높은 계단 같은 것이 있으면 그 위에 촘촘히 사람들이 올라서 있었다. 장례 행렬을 조금이라도 잘 보기 위해서였다. 무척 덥고 뜨거운 날이었지만 사람들은 날씨에는 아랑곳하지 않았다. 더위보다는 오히려 슬픔에 지친 사람이 많은 것 같았다.

　저 멀리 이승만 할아버지의 유해를 실은 운구차가 보이기 시작했다. 운구차는 온통 꽃으로 장식되어 있었고 차 지붕에는 태극기가 덮여 있었다. 운구차가 보이자 소리 내 우는 사람이 많아졌다. 송이의 눈에서도 끊임없이 눈물이 흘러내려 교복 윗도리를 적시고 있었다. 아빠는 송이의 어깨를 살며시 끌어안았다.

　"송이야, 너무 슬퍼하지 마라. 할아버지의 몸은 저 세상으로 갔지만 그 분의 정신과 업적은 우리 곁에 남아 있으니까."

　"네? 정말 그럴까요?"

　"그래, 이승만 할아버지 덕분에 우리 대한민국 국민은 자유민주주의 세상에서 살 수 있게 되었잖니? 할아버지의 선택 덕분에 우리는 앞으로도 값진 자유와 번영을 누릴 것이야. 또 할아버지가 보여주신 헌신적인 애국심은 너 같은 청소년들에게 많은 교훈을 안겨줄 것이고. 네가 그 정신을 본받아서 정말 이 나라의 든든한 일꾼이 된다면 이승만 할아버지의 정신은 계속 네 곁에 깃들어 있는 것이란다.”

“네, 저 열심히 공부해서 반드시 우리나라를 위한 좋은 일꾼이 될 거예요. 그럼 할아버지가 저승에서도 껄껄 웃으신댔어요. 그렇게라도 할아버지를 기쁘게 해드리고 싶어요.”

“에구, 내 딸, 장하구나. 엄마는 송이 하나로 열 아들 안 부럽네.”

계속 눈물을 닦아내던 엄마가 송이의 말에 미소 지으며 송이를 껴안았다.

“그런데 아빠, 4·19로 이승만 할아버지를 몰아냈으면서 왜 이렇게 많은 사람이 할아버지의 죽음을 슬퍼하는 거지요? 또 할아버지가 큰 실수를 저질렀다면 왜 국립묘지에 모시는 건가요? 거긴 나라에 공로를 세운 분들을 모시는 곳이잖아요?”

“전에 아빠가 얘기해줬지? 할아버지는 우리나라를 되찾기 위해, 대한민국을 세우기 위해, 대한민국을 지키기 위해 수많은 업적을 남기셨어. 이 사람들은, 할아버지가 비록 4·19로 물러났지만 그가 얼마나 열렬한 애국자이고, 또 대한민국을 위해 얼마나 훌륭한 일을 하셨는지 다 알고 있는 거지. 그러니 이렇게 몰려나와 그분이 우리 곁을 떠난 것을 슬퍼하고 국립묘지에 고이 모시려 하는 거란다. 이런 훌륭한 분이 우리나라 건국 대통령이었다는 것은 하늘이 우리나라에 내려준 축복이라고 아빠는 생각해.”

아빠와 얘기를 나누는 동안 장례 행렬은 송이네 가족 앞을 지

나쳐 저 멀리 서울역 쪽으로 사라졌다. 운구차는 보이지 않았지만 거리에 모인 사람들은 좀처럼 흩어지지 않고 눈물을 흘리며 운구차가 사라진 쪽을 바라보고 서 있었다. 송이네도 발길을 떼지 못하고 한참을 서 있었다.

얼마나 시간이 흘렀을까? 사람들이 하나둘 눈물을 닦으며, 한숨을 쉬며 흩어지기 시작했다. 송이네도 쓸쓸히 집으로 발길을 돌렸다. 가족과 함께 걸어가던 아빠는 송이의 손을 꼭 쥐며 말했다.

"그때, 나라는 약했지만 이승만 대통령은 세계에서 손꼽히는 강한 지도자였어. 우리는 앞으로 언제까지나 이 훌륭한 대통령을 그리워할 거야."

송이는, 눈물이 그렁그렁해진 아빠의 눈을 바라보며 말없이 고개를 크게 끄덕였다.

1965년 7월 27일 이승만 대통령 장례식에 모인 사람들